Helmut A. Rehfeld

Mord beim Richtfest

Kriminalerzählung aus dem südhessischen Ried

Helmut A. Rehfeld

Mord beim Richtfest

Kriminalerzählung
aus dem südhessischen Ried

TRIGA – Der Verlag

Bibliografische Information der Deutschen Nationalbibliothek
Die Deutsche Nationalbibliothek verzeichnet diese Publikation in der Deutschen Nationalbibliografie;
detaillierte bibliografische Daten sind im Internet über http://dnb.d-nb.de abrufbar.

Die Personen in diesem Roman sind frei erfunden, Ähnlichkeiten mit Lebenden oder Verstorbenen rein zufällig.

1. Auflage 2014

Feldstraße 2a, 63584 Gründau-Rothenbergen
www.triga-der-verlag.de

Coverbild: Fritz / photocase.com

Druck: Druckservice Spengler, 63486 Bruchköbel
Printed in Germany

ISBN 978-3-89774-961-0

8. August 1993: Im Neubaugebiet ›Hoher Sandhügel‹ wird gerade Richtfest gefeiert, als spät am Abend Jonas Meisel bei seinem Nachbarn Xaver Brandscheit an der Haustür klingelt. Freundlich fragt er: »Haben Sie schon bemerkt, wie pompös da drüben Richtfest gefeiert wird?« Darauf antwortet Xaver Brandscheit mit einem Lächeln: »Aber ja, das habe ich ebenso wahrgenommen wie Sie.«

Jonas Meisel bringt seinem Nachbarn die Post, die fälschlicherweise bei ihm im Briefkasten gelandet war.

Die beiden Männer unterhalten sich noch eine ganze Weile sehr angeregt, als wie aus dem Nichts mehrere Schüsse zu hören sind.

Wie erstarrt sehen sich beide an. Dann sagt einer von ihnen: »Ich glaube, wir müssen sofort die Polizei informieren, denn es könnte jemand verletzt worden sein!«

Es war der 7. August 1993: Xaver Brandscheit war von seiner Arbeit bei Opel in Rüsselsheim nach Hause zurückgekehrt.

Nach dem gemeinsamen Abendessen sagte er zu seiner Frau Anna: »Wie du weißt, brauche ich nach einem anstrengenden Tag wie heute meinen seelischen Ausgleich. Und den finde ich nun mal am Computer beim Schreiben.« Sagte es und verschwand in sein Privatbüro.

Das Schreiben hatte Xaver relativ spät für sich entdeckt. Und nachdem er sein erstes Buch veröffentlicht hatte, fand er noch mehr Gefallen daran.

Es war ein lauer Sommerabend und die Abenddämmerung hatte schon eingesetzt. Wie an vielen Abenden zuvor setzte sich Xaver an den Schreibtisch, um an seinem neuen Roman »Mordlust« weiterzuschreiben. Er las die zuletzt geschriebenen Zeilen seines Manuskripts, fand aber nicht sofort den Anschluss, um die Geschichte fortzusetzen.

In Gedanken versunken schaute er aus dem Fenster in den Abendhimmel. Plötzlich fiel ihm auf, dass sich anlässlich des Richtfests eines nahegelegenen Mehrfamilienhauses viele fröhlich ausgelassene Menschen unter einem großen schwebenden Zeltdach eingefunden hatten. Es waren etwa dreißig Personen, die sich dort versammelt hatten, so schätzte Xaver. Ein Kranwagen, der auf der Straße abseits des Richtfesthauses stand, hatte den Ausleger ausgefahren, an dem in luftigen fünf Metern Höhe ein Achteckzeltdach über den Köpfen der Menschen schwebte. Zwei Flutlichtscheinwerfer leuchteten die Veranstaltungsfläche unter dem Zeltdach aus.

Vor Wettereinflüssen geschützt saßen die Richtfestler dort vergnügt und fröhlich, ihren Alltag vergessend auf langen Bierzeltbänken an reichlich gedeckten Tischen.

Kapitel 1: Richtfest

Nach dem innerdeutschen Grenzfall im November 1989 zog es viele Bürger der ehemaligen Deutschen Demokratischen Republik in die »alten« Bundesländer.

Um die Nachfrage nach Wohneigentum zu befriedigen, wurde vielerorts fleißig gebaut. So auch in der Gemeinde Stockstadt im schönen südhessischen Ried. Es entstand neben einem vorhandenen Wohngebiet eine zweite Wohnsiedlung mit vielen kleinen Häusern und Gärten. Diese neuen Wohneinheiten reihten sich wie Perlen auf einer Schnur aneinander. Aber auch größere freistehende Ein- und Mehrfamilienhäuser waren zu finden.

Am Neubau eines solchen Mehrfamilienhauses wurde an diesem Abend Richtfest gefeiert.

Der sommerliche Abendhimmel war der Feierlaune der Menschen wohlgesonnen. Nichts, aber auch wirklich gar nichts, hätte die ausgelassene Stimmung gefährden können. Bis tief in die Nacht wurde ausgiebig gefeiert, ohne dabei den Schlaf der Nachbarn zu stören.

Als Xaver Brandscheit am anderen Morgen zu seiner Garage ging, weil er mit dem Auto zu seiner Arbeitsstelle nach Rüsselsheim fahren wollte, war von Richtfestbesuchern nichts mehr zu sehen. Nur der Kranwagen mit dem schwebenden Zeltdach ließ noch den feierlichen Abend zuvor erahnen.

Als Xaver nach Feierabend wieder nach Hause kam, fragte ihn seine Frau Anna: »Haben dich die Leute vom Richtfest gestern Abend beim Schreiben irgendwie gestört?«

»Nein, überhaupt nicht, obwohl ich spät zu Bett gegangen bin!«

»Ich habe auch nichts gehört. Ich muss wohl sehr müde gewesen sein«, sagte Anna.

»Die Leute waren wirklich sehr rücksichtsvoll, das muss man schon so sagen«, bestätigte Xaver.

»Mein Schatz, ich bin nun wirklich kein Fußballnarr«, wechselte Xaver das Thema, »aber heute Abend möchte ich gern mit dir gemeinsam das Fußballspiel FC Bayern München gegen Real Madrid anschauen. Du weißt ja, wie sehr ich mich schon darauf gefreut habe.«

»Stimmt, mein Schatz, ich hätte es fast vergessen. Soll ich dir das Bier in den Kühlschrank stellen oder möchtest du es lieber nicht so kalt haben?«, fragte Anna liebevoll ihren Xaver.

Pünktlich um 20.45 Uhr saßen Xaver und Anna auf ihrer gemütlichen Couch im Wohnzimmer. Im Zweiten Deutschen Fernsehen sprach der Moderator Matthias Opdenhövel gerade mit Oliver Kahn über die spannende Begegnung FC Bayern München gegen Real Madrid.

»Xaver, wer gehört zu welcher Mannschaft?«, fragte Anna.

»Die im weißen Trikot, das sind die Spanier, und die im roten Dress, das sind die Bayern«, erklärte Xaver die Spieler auf dem Fußballrasen. »Gleich geht's los, mein Schatz. Vorher aber lost der Schiedsrichter mit einer Münze die Seiten aus, damit die Spieler wissen, auf welches Tor sie schießen müssen«, sagte er, ohne belehrend sein zu wollen.

Die Vereinswimpel der Mannschaften waren ausgetauscht und die Bayern mit Ribery und Ballack stießen den Ball auf der Mittellinie an, mit dem Drang auf das rechte Tor, das der Spanier. Das Spiel begann zunächst recht nervös und verfahren. Zwischendurch blickte Xaver sein Schatzilein ungeduldig an. »Du, Anna, nun sag was! Wie gefällt dir denn das Spiel?«, fragte er, während er sich die Nase putzte.

Allmählich wurde das Spiel beider Mannschaften zum Genuss der Zuschauer lebendiger. Da platzierte Schweinsteiger den Ball als Vorlage für seinen Teamkollegen Ballack in den Sechzehnmeterraum. Ballack nahm den Ball direkt an und schoss ihn aus zwanzig Metern Entfernung unhaltbar ins lange rechte Toreck der Spanier.

Anna und Xaver sprangen jubelnd von der Couch hoch und umarmten sich vor Freude über das Bayern-Tor. Anna wurde augenblicklich zum größten Bayern-Fan, und die Unzufriedenheit mit dem Spiel davor war wie weggeblasen.

In dem Moment, als Xaver sich gerade ein neues Bier einschenkte, platzte Joachim, der siebzehnjährige Sohn von Xaver und Anna, ins Wohnzimmer und sagte aufgeregt: »Papa, draußen an der Haustür hat es schon mehrmals geklingelt! Habt ihr das nicht gehört? – Ach so, ihr seid vom Fußballfieber infiziert«, machte er sich lustig. »Papa, gehst du bitte an die Haustür! Ich komme grad aus der Dusche«, sagte Joachim.

Xaver Brandscheit eilte zur Haustür, um nachzusehen, wer zu so später Stunde vor seiner Tür stand.

Er machte zunächst die Außenbeleuchtung an, um die betreffende Person besser erkennen zu können. Vorsichtig öffnete er die Tür, blieb im Türspalt stehen und sagte dann überrascht: »Nein, das gibt's ja wohl nicht! Sie, Herr

Meisel? Was liegt denn an, dass Sie sich so spät noch zu uns bemühen?«, fragte Xaver Brandscheit seinen Nachbarn.

»Guten Abend, Herr Brandscheit. Diese drei an Sie adressierten Briefe – behördliche, wie sich unverkennbar erkennen lässt – lagen bei mir im Briefkasten. Da ist dem Briefboten wohl ein Fehler unterlaufen. Und für so wichtige Bescheide ist es mir dann auch nicht zu spät, sie Ihnen schnell herüberzubringen!«

»Ja, bei der Postzustellung sind zurzeit manchmal neue Leute im Einsatz, weil unser Postbote gerade Urlaub hat. Und die Neuen kennen sich noch nicht so gut aus in unserem Bezirk«, sagte Xaver Brandscheit verständnisvoll.

»Hallo, mein Schatz, wer ist denn dort an der Haustür?«, rief Anna vom Wohnzimmer her. »Du verpasst gerade einen Elfmeter für die Bayern!« Anna war von dem Fußballspiel FC Bayern gegen Real Madrid begeistert.

»Ich bin gleich wieder bei dir, Anna«, antwortete Xaver. »Es ist unser Nachbar, Herr Meisel, er bringt mir gerade unsere Postsachen, die versehentlich in seinem Briefkasten gelandet sind!«

»Da drüben im Neubaugebiet, da geht heute aber die sprichwörtliche Post ab! Mein lieber Scholli!«, sagte Herr Meisel.

»Aber schön singen können sie, das muss man ihnen lassen!«, antwortete Xaver Brandscheit lachend. »Hören Sie mal, Herr Meisel: ›Heute hau'n wir auf die Pauke, ja wir machen durch bis morgen früh ...‹, ›Wer soll das bezahlen, wer hat das bestellt, wer hat so viel Pinkepinke, wer hat so viel Geld ...‹, ›Ein Prosit, ein Prosit der Gemütlichkeit ...‹.«

»Eine lustige Gesellschaft ist das! Das muss man den Leuten lassen«, sagte Herr Meisel zu seinem Nachbarn. »Gestern ging die Feier dagegen ziemlich ruhig vonstatten, nicht wahr! Haben Sie das auch so empfunden, Herr Brandscheit?«, wollte Herr Meisel in Erfahrung bringen.

»Ja, ich sehe das genauso wie Sie«, erwiderte Xaver.

»Also, dann nichts für ungut und eine geruhsame Nacht!«, wünschte Nachbar Meisel freundlich lächelnd.

Während Xaver Brandscheit seinen Kopf noch in den Türspalt hielt, Herr Meisel gerade seine Hand auf den Türgriff des Außentores gelegt hatte und sich umdrehte, um Xaver nochmals freundlich zuzunicken, fielen plötzlich Schüsse.

Dann hallten Schreie durch das Dunkel der Nacht, die Todesangst ausdrückten.

Die Nachbarn Meisel und Brandscheit fragten sich: »Was ist denn da passiert? Und woher kamen diese Schüsse, so aus dem Nichts?«

Beide sahen sich hilflos und erschrocken an, während ihre Gesichter immer blasser wurden.

»Was machen wir jetzt?«, fragte Xaver.

»Wir müssen sofort die Polizei rufen!«, meinte Herr Meisel.

»Aber kommen Sie doch derweil mit in mein Haus, Herr Meisel!«, sagte Xaver Brandscheit aufgeregt.

Er griff beherzt zum Telefonhörer, wählte die Rufnummer 110 und wartete. Am anderen Ende der Telefonleitung meldete sich ein Herr namens Oliver Burkhardt von der Polizeistation Gernsheim und fragte in einem trockenen kurzangebundenem Ton: »Was gibt's?«

»Hier im Neubaugebiet ›Hoher Sandhügel‹, südlich

des Ortes Stockstadt haben ich und mein Nachbar, Herr Meisel, Schüsse gehört. Vermutlich von einer Richtfestfeier!«, sagte Xaver Brandscheit mit zittriger Stimme ins Telefon.

»Bitte nennen Sie Ihren Namen, den Ort des Geschehens und wie groß die Ansammlung der Personen ist«, sagte der Polizist routinemäßig.

»Mein Name ist Xaver Brandscheit aus Stockstadt am Rhein. Ort des Geschehens ist wie gesagt das Neubaugebiet ›Hoher Sandhügel‹. Die Anzahl der Personen auf der Feier schätzen mein Nachbar und ich auf etwa dreißig«, gab Xaver Brandscheit an. »Dort wird heute am zweiten Abend Richtfest gefeiert! Kommen Sie schnell! Ob es Verletzte oder Tote gegeben hat, das kann ich Ihnen nicht sagen. Sicherheitshalber ordern Sie bitte einen Krankenwagen, das wäre sinnvoll, denn bei einer Schießerei sind Verletzte nicht ausgeschlossen!«, sagte Xaver Brandscheit mit allem Nachdruck.

»Herr Brandscheit, halten Sie sich bitte mit Ihrem Nachbarn zur Verfügung, falls Nachfragen erforderlich sein sollten! Ihre Adresse und Ihre Telefonnummer habe ich notiert. Wir kommen so schnell wie möglich!«

Etwa eine Viertelstunde nach Brandscheits Anruf hörte man die Sirenen von drei Polizeistreifenwagen. Mit lautem Tatütata und quietschenden Bremsen trafen sie am Ort des Geschehens ein. Dort war die bisher ausgelassene Stimmung beim Richtfest gekippt, Angst und Schrecken hatten sich ausgebreitet.

Die blinkenden Blaulichter der Polizeiautos färbten das milde Licht der Festbeleuchtung am Kran gespenstisch.

»Hier spricht die Polizei! Bitte behalten Sie Platz! Niemand verlässt das Grundstück! Bitte keine Panik! Dieses sind Anweisungen, die alle hier zu befolgen haben!«, sagte Polizeikommissar Thomas Ditschureit in strengem Tonfall. »Und bitte keine Fragen! Die Fragen stellen wir von der Polizei! Hat das jeder verstanden?«, wollte Kommissar Ditschureit sicherstellen.

Kapitel 2: Zeugen

Nach dem Eintreffen der Polizei folgten ein Rettungswagen des Deutschen Roten Kreuzes und ein Einsatzfahrzeug der Johanniter.

Der Notarzt Doktor Friedrich Leucht vom Deutschen Roten Kreuz fragte die verschreckten Menschen: »Ist jemand von Ihnen verletzt? Wenn jemand seelischen Beistand braucht, der melde sich bitte! Zögern Sie nicht, sagen Sie's mir gleich! Jede Minute ist entscheidend für das Überleben!«

Die Menschen standen unter Schock und konnten nicht sofort antworten.

Dr. Leucht konnte die Situation gefühlsmäßig sehr gut verstehen, dennoch sagte er eindringlich: »Es sollen Schüsse gefallen sein! Wer kann etwas dazu sagen? Das muss ich jetzt von Ihnen erfahren, bevor alles zu spät ist!«

»Herr Doktor, ich habe Schüsse gehört, aber nicht hier, sondern im Hause selber, wenn mich meine Ohren nicht getäuscht haben.«

»Warum haben Sie das nicht gleich gesagt, Frau ...?«, sagte der Doktor leicht erzürnt.

»Veronika Haas, bitte«, stotterte die Frau.

Dr. Leucht ging sofort mit Polizeikommissar Ditschureit in das Richtfesthaus, um nach Personen zu suchen, die durch Schüsse verletzt sein könnten.

Sie durchsuchten alle Räumlichkeiten auf allen Stockwerken. Aber es war nichts zu finden, weder eine lebende noch eine getötete Person.

Zuletzt wurden die Kellerräume gründlich durchsucht. Es war dunkel dort und die Taschenlampe des Polizeikommissars wollte schon ihren Geist aufgeben, aber die Suche musste trotzdem weitergehen. Dann sagte Dr. Leucht: »Im Heizungskeller, dort waren wir noch nicht!«

Sie kamen in den Heizungskeller, wo viele verschiedene Gegenstände abgestellt worden waren, was den Blick aufs Wesentliche stark beeinträchtigte. Plötzlich rief Dr. Leucht: »Herr Kommissar, schauen Sie – hier hinter dem Warmwasserkessel liegt eine Person!«

Dr. Leucht sah, dass das Opfer in einer Blutlache lag. Er drückte gleich einen Finger an die Halsschlagader, um zu fühlen, ob da noch Leben zu spüren war. »Herr Kommissar, da ist nichts mehr zu machen! Der Mann ist tot!«

Dr. Leucht öffnete die Kleidungsstücke des Opfers um die Einschussstellen herum und stellte fest: »Der Schütze muss aus kurzer Distanz direkt auf sein Opfer geschossen haben! Er traf ihn in die Brust, knapp am Herzen vorbei, und in den Unterleib. Das Opfer hat in relativ kurzer Zeit viel Blut verloren.« Der Arzt sah Kommissar Ditschureit mit hilflosem Augenaufschlag an.

»Die Kugeln dürften sich noch im Körper des Opfers befinden«, vermutete Dr. Leucht.

»Wir haben es hier mit einem Tötungsdelikt zu tun«, stellte Kommissar Ditschureit fest. »Das ist ein klarer Fall für die Mordkommission! Die werden den Vorgang mit tödlichem Ausgang gründlich und genauestens rekonstruieren, um auf die Spur des Mörders zu stoßen!«, gab Kommissar Ditschureit seinem Begleiter Dr. Leucht zu verstehen.

Der Leichnam wurde kurz danach in die Pathologie nach Darmstadt zur Obduktion gebracht.

Die Sanitäter der Johanniter hatten sechs weitere Personen versorgt, die sich leichte Schürf- oder Schnittwunden zugezogen hatten. Kein Wunder nach all den Turbulenzen, die sich nach den Schüssen im Richtfesthaus ereignet hatten. Offenbar war sonst niemand von den Festgästen verletzt und somit konnten die Sanitäter und die anderen Hilfskräfte wieder abrücken.

Nun begannen umgehend die polizeilichen Ermittlungen.

»Bitte mal alle herhören!«, sagte Kommissar Ditschureit zu den Anwesenden.

»Sie verlassen bitte nicht Ihre Plätze! Ich bitte Sie um die nötige Unterstützung, helfen Sie uns mit Ihren Aussagen, diese Tat möglichst schnell aufzuklären! Ich kann Ihnen versichern, dass ich in dreißig Jahren meiner Dienstzeit selten so etwas Schreckliches gesehen habe. Und schon gar nicht auf einem Richtfest.

Meine Frage an alle: Hat der Bauherr, Herr Winkelhuber, seine Gäste zu Beginn des Richtfestes persönlich begrüßt? Hat er mit seinen Gästen nach dem Startschuss zum Feiern, mitgefeiert?

Ist Ihnen an den beiden Festtagen, also am 7. und 8. August, irgendetwas Ungewöhnliches am Verhalten der Festgäste aufgefallen?«

Während Kommissar Ditschureit Ausschau hielt und mit dem Zeigefinger herumdeutete, sagte er: »Kann mir jemand von Ihnen zum heutigen Geschehen etwas sagen? Wenn ja, melden Sie sich bitte per Handzeichen und stehen Sie auf.«

Da hob sich eine Hand.

»Sie – Sie wollten etwas aussagen? Nein, nicht Sie, ich

meine die Dame mit dem Tirolerhut«, sagte der Kommissar.

Die angesprochende Frau erwiderte darauf: »Moment, ich kann doch nicht so schnell von der Sitzbank hochkommen, schließlich bin ich nicht mehr die Jüngste! Ja, ich werde nächste Woche siebenundachtzig Jahre alt, verstehn Sie!«

»Das hätte ich nun aber wirklich nicht gedacht, gnädige Frau«, zeigte sich Kommissar Ditschureit überrascht. »Sie wirken auf mich wie eine zweiundsechzigjährige gepflegte Dame!«

»Danke, danke – vielen herzlichen Dank, Herr Kommissar, Sie sind ja ein Charmeur! Sie haben mir nicht nur geschmeichelt, sondern mich damit auch ganz schön aus dem Konzept gebracht! Aber umgekehrt habe auch ich Sie, wie ich bemerke, Herr Kommissar, ganz schön verwirrt!«

»Wie meinen Sie das?«, fragte der Kommissar nach.

»Ja, Sie haben schlicht vergessen, mich nach meinem Namen zu fragen. Habe ich Sie so sehr durcheinandergebracht?«, fragte sie zurück und lachte laut auf. »Also, ich bin Gertrud Kutschmann, Herr Kommissar. Entschuldigen Sie, dass ich in dieser ernsten Lage lache, aber die kleine Neckerei mit Ihnen hat mir großen Spaß gemacht«, fügte sie hinzu. »Ich hätte zu Ihrer Frage Folgendes zu sagen: Ja, ich habe Herrn Winkelhuber am ersten Abend hier unter seinen Gästen gesehen. Und begrüßt hat er mich und seine anderen Gäste auch. Das habe ich mit eigenen Augen gesehen. Am heutigen Abend war Herr Winkelhuber auch hier, und ich beobachtete, wie er etwa gegen 22.30 Uhr in sein neu errichtetes Haus ging. Im Vorbeigehen sagte er noch: ›Ich werde mal schnell den Richtfestbaum beleuchten – sieht ja auch viel schöner aus – nicht wahr.‹ Danach habe ich ihn nicht mehr gesehen.«

»Vielen Dank, Frau Kutschmann. Meine Damen und Herren, bedenken Sie bitte: Auf Alfred Winkelhuber ist in seinem Haus aus kurzer Distanz geschossen worden. Er war vielleicht nicht sofort tot und starb möglicherweise einen qualvollen Tod!«, erklärte Kommissar Ditschureit. »Wie Sie vermutlich gehört haben, konnte Herr Winkelhuber erst nach einer knapp dreißigminütigen Suche nur noch leblos aufgefunden werden.«

Da meldete sich ein Herr aus den Reihen der Befragten, und der Kommissar sagte nur: »Dann legen Sie mal los.«

»Mein Name ist Fritz Laubenholz«, begann der Zeuge. »Ja, auch ich kenne Herrn Winkelhuber. Wir haben unsere Studienzeit gemeinsam in Heidelberg verbracht. Wir haben beide Germanistik und Philosophie studiert. Als Freund und Studienkollege hatte er mich zu seinem Richtfest hier nach Stockstadt eingeladen. Und ich bin sehr gerne hierher gekommen! Er war ein guter, zuverlässiger Freund, dem man auch Privates anvertrauen konnte!«

»Herr Laubenholz, Sie haben mir wichtige Angaben zur Person Winkelhuber gemacht! Ich bedanke mich bei Ihnen. Aber, und das muss ich auch allen sagen – wir sind noch lange nicht am Ziel, es sind noch viele Fragen offen. Wer augenblicklich keine Aussage macht und trotzdem etwas Wichtiges verbirgt, der wird von uns aufs Polizeipräsidium nach Gernsheim einbestellt«, sagte Kommissar Ditschureit streng.

»Herr Kommissar, ich weiß aus seinem Bekanntenkreis, wo Herr Winkelhuber früher einmal gelebt haben soll und dass er dieses Mehrfamilienhaus als Geldanlage zum Vermieten hat bauen lassen! Ob meine Aussage von Bedeutung ist, das müssen Sie entscheiden, Herr Kommissar!«

»Danke für Ihre Aussage, Frau ...?«

»Mein Name ist Elfriede Kachel. Ich wohne in Pfungstadt!«

»Und was wissen Sie im Einzelnen über das Mordopfer? Was war das für ein Mann, dieser Herr Winkelhuber? War er vermögend?«, wollte der Kommissar weiter von Elfriede Kachel wissen.

»Geld muss er schon gehabt haben, wenn einer so ein Hausprojekt mit riesigem Areal plant und bauen kann.«

»Aber Sie vermuten nur, damit können wir von der Polizei leider nicht viel anfangen«, gab der Kommissar Frau Kachel zu verstehen. »Übrigens, Frau Kachel, was hat Sie auf dieses Richtfest geführt?«

»Eine Freundin, die Herrn Winkelhuber gut kannte, hat mich gefragt, ob ich wohl mitgehen würde. Und ich sagte, ja, klar, ich komme mit!«

»Na gut, Frau Kachel, wir werden die finanziellen Verhältnisse des Herrn Winkelhuber schon aufklären, da können Sie ganz beruhigt sein.«

Danach meldete sich eine weitere Dame. »Mein Name ist Erika Schwind!«

»Ja, Frau Schwind, sagen Sie uns bitte, was Sie wissen.«

»Ich glaube, dass Herr Winkelhuber Jäger war, denn nach erfolgreichen Treibjagden habe ich ihn im ›Forsthaus Kühkopf‹ schon mehrmals bei den Abschlussfeiern und dem Jäger-Halali gesehen.«

Nach dem kurzen Statement von Frau Schwind meldete sich ein Herr zu Wort: »Mein Name ist Ernst Wunderlich.

Ich komme aus Riedstadt. Ich weiß, dass Alfred Winkelhuber mit Hans Lohr befreundet war. Beide sind bzw. waren leidenschaftliche Jäger.«

»Herr Wunderlich, Sie haben mich vielleicht schon auf eine richtige Fährte gebracht, von der ich mir positive Erkenntnisse erhoffe! Vielen Dank!«

Mit seinen nächsten Fragen wandte sich der Kommissar wieder an alle Anwesenden: »Weiß jemand unter Ihnen, ob Alfred Winkelhuber Feinde hatte? Oder ob sich jemand an ihm rächen wollte? Bedenken wir, es war offensichtlich Mord, was geschehen ist! Ich hoffe inbrünstig, das hat jeder von Ihnen begriffen«, unterstrich Kommissar Ditschureit. »Für den heutigen Tag habe ich nur noch eine einzige Frage: Wer hat auf diesem Richtfest Hans Lohr gesehen oder gar mit ihm ein Gespräch geführt? Der möge sich jetzt melden! Wenn nicht, dann hätte das jetzt schon Konsequenzen wegen Behinderung der polizeilichen Ermittlungen! Also, ich höre!«

»Herr Kommissar, mein Name ist Siegfried Eichler, ich dachte, meine Beobachtungen hätten keinerlei Bedeutung. Aber nachdem ich die verschiedenen Auslassungen der Befragten gehört habe, möchte oder muss ich Folgendes dazu sagen: Ich habe Hans Lohr heute Abend auf dem Richtfest gesehen. Aber mein Eindruck war, dass er nicht beobachtet werden wollte, als er ins Haus ging.«

»Vielen Dank. Wir werden Ihren Hinweisen nachgehen. Darauf können Sie sich verlassen«, bemerkte Kommissar Ditschureit.

Die Mordkommission Darmstadt hatte schnell die Erkenntnis gewonnen, dass das Projektil, das Winkelhuber getroffen hatte, aus einer Pistole Kaliber neun Millimeter stammte.

Hans Lohr wurde von der Polizei vorgeladen, denn er war von Herrn Eichler beobachtet worden, wie er an dem Abend, als die Schüsse gefallen waren, ins Haus gegangen war.

»Herr Lohr, ich habe Sie heute, am zwölften August, zu mir in mein Büro nach Gernsheim einbestellt, weil Sie unter Verdacht stehen, Herrn Alfred Winkelhuber erschossen zu haben«, sagte Kommissar Ditschureit. »Wollen Sie sich dazu äußern? Sie sind während eines Richtfests gesehen worden, als Sie am Abend des 8. August Winkelhubers Haus betreten haben.«

»Ich finde keine Worte! Ich habe mir nichts vorzuwerfen, geschweige bin ich an einem Mord in irgendeiner Weise beteiligt gewesen.«

»Ja, aber Sie sind doch auf Winkelhubers Grundstück auf dem Weg ins Haus gesehen worden. Nun sagen Sie endlich die Wahrheit oder ich lasse Sie abführen! Haben Sie mich verstanden?«, sagte der Kommissar in schroffem Tonfall.

Mit ruhiger Stimme antwortete Hans Lohr: »Ja, ich war am 8. August auf dem Richtfest. Ich bin in Winkelhubers Haus gegangen, um mein Handy zu suchen. Ich war der Meinung, dass ich es einige Tage zuvor dort liegen gelassen hatte.«

»Und, haben Sie's gefunden?«

»Nein! Leider nicht! Ich bin dann sofort nach Biblis zur Geburtstagsfeier eines befreundeten Jagdkollegen gefahren!«

»Sie sagten Jagdkollegen?«

»Ja, ich kenne diesen Jagdkollegen von Treibjagden in dieser südhessischen Region. Die Einladung zum Geburtstag war schon vor Winkelhubers Richtfest ausgesprochen worden und ich hatte zugesagt. Und ich pflege meine Versprechen auch einzuhalten«, erklärte Hans Lohr im Glauben, damit alles gesagt zu haben.

»Wie heißt Ihr Jagdkollege in Biblis?«

»Walter Frank!«

»Wir werden Ihre Angaben überprüfen, wenn Sie verstehen! Sie können gehen, Herr Lohr!«

Kapitel 3: Verdächtigungen

Hans Lohr hatte um seinen guten Leumund ringen müssen. Er war sich keiner Schuld bewusst und glaubte, in eine Falle gelockt worden zu sein. Am Morgen nach dem Verhör war Hans Lohr immer noch wütend, als er den Telefonhörer ergriff und die Telefonnummer seines Jagdkollegen Walter Frank wählte.

»Ja, Frank hier! Wer ist am Apparat?«

»Hans Lohr! Hab ich dich gerade gestört?«

»Wieso solltest du mich gestört haben«, sagte Walter Frank mit einem Unterton. »Aber was gibt's denn so früh am Morgen?«, fragte er schlecht gelaunt.

»Du, ich war gestern bei der Polizei in Gernsheim, weil ich eine Vorladung bekommen hatte. Sie wollten wissen, ob ich für den Zeitpunkt der Ermordung Winkelhubers ein Alibi habe.«

»Ich habe von diesem Mordfall in Stockstadt auch schon gehört. Schlimm genug! – Ja, hast du etwas damit zu tun?«

»Natürlich nicht! Aber woher weißt du davon?«, fragte Hans Lohr seinen Jagdkollegen Walter Frank verblüfft.

»Ich habe darüber im ›Bibliser Blatt‹ gelesen!«, antwortete Walter Frank spontan.

»Du, Walter, ich muss dir leider sagen: Dieser Fall ist der Presse überhaupt nicht bekannt gemacht worden, weil die Mordkommission Darmstadt noch ganz am Anfang mit ihren Ermittlungen steht.«

»Ach, ich war mir sicher, ich hätt's in der Zeitung gelesen!«, sagte Walter Frank etwas verlegen zu Hans Lohr.

»Entschuldige bitte, Walter! Jetzt erinnere ich mich

langsam wieder! Wie sagte doch gleich Kommissar Ditschureit nach meiner Vernehmung auf dem Revier zu Gernsheim: ›Herr Lohr, ich bitte Sie, mit niemanden über den Mordfall in Stockstadt zu sprechen!‹ Allerdings hat es ein freier Journalist doch geschafft, zwei Tage später einen Dreizeiler im ›Ried Echo‹ zu platzieren!«, sagte Hans Lohr. »Dort stand unauffällig, in kleiner Schrift, versteckt zu lesen: ›Schüsse bei Richtfestfeier in Stockstadt. Eine Person wurde getötet. Nach dem Mörder wird mit Hochdruck gefahndet.‹ Da hält man den Mund, weil man selber Schiss hat, aber einer plaudert immer. Und genau so ist's passiert!«, klang es verbittert aus dem Mund von Hans Lohr. »Wie du siehst, stimmt es zwar, dass die Medien von dem Mord in Stockstadt nichts erfahren sollten, aber es kommt meist anders, als man denkt.«

Nach einer kleinen Pause sagte Lohr zu seinem Jagdkollegen: »Walter, mal ganz was anderes: Wie lange kennen wir uns eigentlich schon, und wie lange gehen wir gemeinsam auf die Pirsch?«

»Na ja, vier oder fünf Jahre könnten es schon sein!«

»Ob vier oder fünf Jahre ist fast unwichtig! Ich habe nachgeschaut und weiß, es ist schon fünf Jahre her, dass wir Jagdkollegen geworden sind«, erklärte Hans Lohr. »Dann müsstest du ja auch den Jagdkollegen Martin Kobalski kennen«, meinte Lohr.

»Wenn du mich so fragst! Klar, wie man Kollegen so kennt – eher etwas oberflächlich!«, gab Walter Frank leicht ungehalten zu.

»Du, Walter, erinnerst du dich noch daran, wie wir im Gasthof ›Zur Waldeule‹ am Stammtisch zusammensaßen? Mit den frischgezapften vollen Bierkrügen mit dicker

Schaumkrone anstießen? Da war die Stimmung so urig und zünftig! Wir haben aber auch ganz schön vom Leder gezogen mit unseren Witzen! Erinnerst du dich:

›Liegt der Bauer in der Scheuer auf dem Sack, sieht der Jäger gleich 'ne Wildsau, und drückt einfach ab!‹

Oder

›Bruno Oden liegt im Sterben. Da sagt er zu seiner Frau: Ach, Lieschen, es duftet so schön nach Wildschweinbraten! Bring mir doch mal ein Stück davon! Das kommt gar nicht in Frage, sagt Lieschen. Dann reicht es nachher nicht beim Leichenschmaus!‹

Es war wirklich eine schöne Zeit, aber der Mord an Alfred Winkelhuber ist mir dann doch zu ernst, um da weiterzumachen, wo wir gerade aufgehört haben«, gab Hans Lohr seinem Jagdkollegen Walter Frank zu verstehen. »Erinnere dich bitte, Walter: Wenn die fröhliche Jagdkollegenrunde am späten Abend sich allmählich aufzulösen begann, blieben drei, manchmal vier Jagdkollegen noch am Stammtisch sitzen«, fuhr Hans Lohr mit nachdenklichem Blick fort. »Ich erinnere mich noch ziemlich gut, wer das war: Es waren Alfred Winkelhuber, Martin Kobalski, Odo Schröter und du – Walter! Jetzt, wo Alfred nicht mehr unter uns weilt, denke ich drüber nach, was ihr unter euch Jagdkollegen so alles besprochen haben könntet«, sagte Hans Lohr.

Wie aus der Pistole geschossen ergänzte er dann: »Moment mal, ich erinnere mich! Ich hatte eines Abends euren Stammtisch schon verlassen. Bei meinem Fahrzeug angekommen – die Autotür geöffnet und schon halb eingestiegen – bemerkte ich erst, dass ich mein gutes Stück, den Jägerhut, bei euch an der Garderobe vergessen hatte.

Als ich den Gasthof ›Zur Waldeule‹ wieder betrat, sah ich Martin Kobalski und Odo Schröter sich mit geballter Faust über den Stammtisch gebeugt gegenüberstehen!

Einige Wortfetzen habe ich noch mitbekommen: ›Du Angeber, du Großkotz ... wo du wohl das viele Geld her hast?‹, wetterte Odo Schröter, der vom vierten Bier schon leicht einen in der Krone zu haben schien.

Walter, ich frage dich jetzt: Was weißt du von all diesem Geschwätz? Ich geriet ja schon unter Verdacht, der Mörder zu sein, nur weil ich Winkelhuber beim Hausbau ab und zu mal geholfen habe und dummerweise mein Handy dort hab liegen lassen«, regte sich Hans Lohr jetzt auf.

»Walter, verstehst du allmählich die prekäre Lage, in die ich durch die Verdächtigungen im Mordfall Alfred Winkelhuber gekommen bin?«

Walter Frank fühlte sich plötzlich direkt von Hans Lohr angesprochen und sagte: »Jetzt denkst du sicherlich, ich könnte in irgendeiner Weise doch damit zu tun haben? Ich muss schon sagen, das ist allerhand – mich mit dem Mordfall in Verbindung zu bringen, Hans!«

»Ich kann meine Unschuld mit reinem Gewissen vor dem Richter nachweisen, wenn es denn so weit kommen sollte!«, gab Hans Lohr seinem Jagdkollegen zu verstehen. »Wer sollte denn Alfred Winkelhuber ermorden wollen und warum? Etwa nur weil er ein Bauunternehmen führte? Vielleicht mit irgendeinem Bau den Termin nicht halten konnte? Nein, das sind alles keine plausiblen Gründe. Ich bin überzeugt, es kann nur ein Versehen gewesen sein«, betonte Hans Lohr, weil es ihm keine Ruhe ließ.

»So gesehen hätte es auch dich erwischen können, mein Lieber! Denn du warst sozusagen nur zeitversetzt am gleichen Ort – also im Haus des Opfers«, sagte Walter Frank nachdenklich. »Es fragt sich aber weiterhin, wer sollte wohl an seiner Stelle sterben und vor allen Dingen – warum?«, sagte Walter Frank.

»Also, mein lieber Walter, jetzt weißt du, warum ich dich unbedingt sprechen musste! Ich musste mir mal alles von der Seele reden, wenn du mich verstehst? Ich bin sehr gespannt, was die Ermittlungen der Mordkommission Darmstadt noch alles ans Tageslicht befördern«, sagte Hans Lohr und legt nach einer kurzen Verabschiedung den Hörer auf.

Kapitel 4: Begegnungen

Zwei ehemalige Schulfreunde, Robert Klee aus Dornheim und Tobias Schneider aus Biblis, trafen sich am zweiten Montag im September des Jahres 1993 zufällig in einem Baumarkt in Gernsheim.

»Mensch, Robert, was machst du denn hier? Ist das Zufall oder wie ...? Wir haben uns ja lange nicht mehr gesehen!« Tobias war völlig überrascht.

»Ach, weißt du«, sagte Robert, »wenn du Familie hast, dann kümmerst du dich vor allem um deine Familie und das Drumherum – ist doch klar! Oder?«

»Ist schon so, Tobias!«

»Ja, ja, du hast ja wirklich recht, Robert!«

»Aber wir sollten mal wieder unsere frühere gemeinsame Zeit aktivieren, und unser Kneipenleben auffrischen! Was hältst du von meinem Vorschlag?«

»Tobias, ich habe gerade neue Tapeten fürs Kinderzimmer gekauft, und die muss ich heute noch an die Wand kleben, sonst schimpft unsere Lena, unser Enkelkind! Sie ist Opas und Omas ganzer Stolz«, sagte Robert und verabschiedete sich von Tobias. »Tobias, mach's gut! Du kannst mich morgen Abend ja mal anrufen! Am Freitag hätte ich Zeit für unseren Kneipenbummel!«, ließ Robert seinen Freund wissen.

Vier Tage später trafen sich die beiden gegen 19 Uhr abends in Biblis im Gasthof ›Zur Waldeule‹. Ein Tisch am seitlichen Fenster im Gastraum war noch frei und sie nahmen dort Platz. Die Bedienung ließ noch ein wenig auf sich warten, weil sie die Gäste alleine bedienen musste.

Nach etwa zehn Minuten kam die attraktive junge Kellnerin zu den beiden Herren an den Tisch und fragte: »Na, was kann ich den beiden Herren servieren?«

»Zwei Pils bitte!«

»Möchten Sie die Speisekarte?«

»Später!«, sagte Tobias freundlich lächelnd.

Die Kellnerin servierte das frisch gezapfte Pils mit einem schön anzusehenden Schwung aus der Hüfte und sagte mit einem entspannten Lächeln: »Na, denn auf Ihr Wohl!«

»Ist doch schön, wieder mal gemeinsam ein kühles helles Bierchen in unserer Stammkneipe zu genießen«, sagte Tobias freudestrahlend zu seinem Freund Robert.

»Tobias, das war wirklich eine gute Idee!«, erwiderte Robert.

»Du, Robert, schau mal zur rechten Seite, da drüben am alten Stammtisch! Da hat sich in den vielen Jahren fast nichts verändert. Dort auf dem Tisch steht immer noch der Vereinswimpel mit der schimmernden Goldbordüre von der Förstervereinigung ›Grün-Gold‹. Du, guck mal, da steht: Reserviert ab 20 Uhr!«

»Siehst du, dann kommen die Jagdkollegen auch mal wieder zusammen«, sagte Robert in freudiger Erwartung zu Tobias.

Die beiden hatten sich viel zu erzählen aus ihrer Drang- und Erfahrungszeit und über ihre persönliche Entwicklung.

»Du, Tobias, da ist schon ganz schön viel zusammengekommen, wenn man die Zeit Revue passieren lässt«, staunte Robert.

»Aber sag mal, Robert, ist es wahr, dass in Stockstadt

bei einem sommerlichen Richtfest in einem Neubaugebiet auf jemanden geschossen worden ist?«, fragte Tobias seinen Freund, weil er davon in seinem Umfeld gehört hatte.

»Ja, Tobias, das stimmt!«

»Und, weißt du, ob die Ermittler schon den Täter oder irgendwelche Spuren zur Aufklärung gefunden haben?«

»Nein, die Darmstädter Mordkommission untersucht den heimtückischen Mord schon seit vielen Wochen – ohne Erfolg! Zwar hat sie herausgefunden, dass das Projektil aus einer Pistole Kaliber neun Millimeter stammen soll, mehr aber auch nicht! Oder besser gesagt, mehr will die Polizei nicht preisgeben, um weitere Ermittlungen nicht zu gefährden«, betonte Robert.

»Es gibt also bis heute keine heiße Spur?«

»Nein, Tobias, soviel ich weiß, leider nicht!«

Tobias rief die attraktive Kellnerin zu sich und sagte: »Wir hätten gerne die Speisekarte. Der Hunger kommt, man muss nur lange genug darauf warten«, sagte Tobias, während er die Kellnerin freundlich anlächelte.

Die Kellnerin reichte den beiden die Speisekarte und fragte: »Soll's noch ein Bierchen sein, während Sie auswählen?«

»Sehr guter Gedanke, mein Fräulein!«, bemerkte Tobias.

Sie servierte den beiden das frisch gezapfte Pils und fragte: »Schon gewählt?«

»Ja. Aber was würden Sie uns heute empfehlen wollen?«, fragte der Bibliser Bub.

»Ich sage Ihnen nur so viel, heute gibt's Wildschweinbraten mit selbst gemachten Knödeln! Dazu Rotkohl mit angedünstetem Schinkenspeck! Wäre Ihnen das recht?«

»Sie haben nicht nur mir den Gaumen wässerig gemacht, sondern auch den Gaumen meines Freundes, oder Robert?! Also zweimal Wildschweinbraten!«

Während Robert und Tobias genüsslich speisten, wurde es plötzlich an den Beinen der beiden ziemlich kalt und zugig. »Da hält jemand aber lange die Eingangstür auf«, bemerkte Robert etwas verärgert.

»Robert, das sind die Jagdkollegen. Die bringen wenigstens etwas frische Luft in die Bude!«, frotzelte Tobias.

Bald darauf nahmen die Jagdkollegen ihren gewohnten Platz ein, während Robert seinen Freund fragte: »Kennst du jemanden von diesen Kerlen dort am Stammtisch? Ich glaube, acht Männer gezählt zu haben. Oder?«

»Stimmt, Tobias, es sind acht Männer! Aber ich kenne nur zwei von ihnen. Der kräftige, mit dem vollen Haarschopf, der sich gerade den Kinnbart reibt, das ist Martin Kobalski aus Biblis. Er ist Jagdpächter, Groß-Gärtnereibesitzer, und er hat einen eigenen Wald zwischen Einhausen und Biblis! Der große schlanke – der mit dem breiten Scheitel – das ist Odo Schröter aus Einhausen. Die anderen Kerle kenne ich nicht oder besser gesagt noch nicht«, frotzelte Tobias abermals.

»Du müsstest doch eigentlich auch Alfred Winkelhuber – das Mordopfer – gekannt haben? Du bist doch ein echter Bibliser Bub! Oder?«, wollte Robert etwas nachhelfen. »Was man von der Personenbeschreibung des Mordopfers gehört hat, müsste Winkelhuber in etwa die gleiche Statur wie Kobalski gehabt haben«, kam Robert in den Sinn.

Die beiden ehemaligen Schulfreunde Tobias und Robert hatten sichtlich gut gespeist, denn ihre Gesichter strahlten um die Wette. »Wir bleiben noch ein bissel hier! Oder?«, sagte Tobias zu seinem Freund.

Sie plauderten über Himmel und Erde, und alles schien von großem Interesse für die beiden zu sein.

Als es im Gasthof ›Zur Waldeule‹ immer lauter wurde, stieß Robert seinen Freund kräftig in die Seite und sagte: »Da drüben am Stammtisch, da ist ganz schön Bewegung aufgekommen. Die babbeln und gestikulieren mit Händen und Füßen. Der Kleinere dort, der stampft sogar mächtig mit seinen Füßen auf den Dielenboden! Das sind noch echte Kerle – so richtig urig! Mir gefällt diese Atmosphäre hier einfach, so mag ich's!«, resümierte Robert, der völlig im Bann dieser Jägerzunft zu stehen schien.

»Wie du dich von diesen Kerlen mit ihrem herben Gebaren und den markigen Sprüchen vereinnahmen lassen kannst, das verstehe, wer will! Und die nehmen nun wirklich kein Blatt vor den Mund«, war Tobias erstaunt.

»Du, Tobias, ich wusste schon mit vierzehn Jahren, dass ich Förster werden möchte, aber leider ist aus meinem Wunschdenken nichts geworden«, antwortete Robert mit einem Achselzucken. »Ja, diese Atmosphäre gefällt mir einfach! Und? was dagegen?«

»Ist ja schon gut!«, sagte Tobias einsichtig.

Während Tobias sich immer noch mit Roberts Äußerungen zu beschäftigen schien, knallte Jagdkollege Odo Schröter seinen vollen Bierkrug auf den Eichenholzstammtisch – vor den Augen seiner Kollegen, sodass das Bier hochschwappte und seinen Jagdkollegen Martin Kobalski so richtig nass machte.

»Was ist denn plötzlich in dich gefahren, wieso haust den vollen Bierkrug auf den Tisch? Schau mal, wie ich jetzt aussehe? Wenn du dich nicht sofort entschuldigst, dann kriegst es mit mir zu tun!, sagte Martin Kobalski leicht erregt.

»Du musst doch ganz ruhig sein, mein Lieber!«, entgegnete Odo Schröter wütend mit gerötetem Gesicht.

»Ich glaub, du hast schon zu viel getrunken! Setz dich lieber, bevor ich mich vergesse!«, warnte Martin Kobalski seinen aufgebrachten Jagdkollegen.

»Mag schon sein, dass ich ein Bierchen zu viel getrunken habe! Ich bin aber völlig klar im Kopf! Das wollte ich nur mal gesagt haben!«, reagierte Odo Schröter auf die Drohung Martin Kobalskis.

Plötzlich wandelte sich die Stimmung, als Odo Schröter sagte: »Entschuldige, Martin, aber als du mich vorhin auch noch angerempelt hast, spulte sich folgende Szene in meinem Kopf ab: Es war bei der Treibjagd im Revier Kühkopf im Herbst 1992, also vor ungefähr einem Jahr. Wir waren fünfunddreißig Jäger und sieben Treiber, die die Jagdpächter eingeladen hatten. Die Treiber hatten eine Rotte Wildschweine aus ihren Verstecken aufgestöbert.

Die Wildschweine waren in Panik. Sie flüchteten in Todesangst aus ihren Verstecken. Plötzlich überschlugen sich die Ereignisse. Zwei Wildschweine kamen in hohem Tempo auf uns zu gerannt, und ich hatte meine Büchse CZ75 vorher schon zum Schuss angesetzt.

In diesem Moment raste ein in Panik befindlicher Keiler auf mich zu. Gleichzeitig waren zwei Treiber in Sichtweite. Du hast mich zu Boden gestoßen, um mich vor dem Keiler, der wider Erwarten in entgegengesetzter Richtung unterwegs war, in Sicherheit zu bringen. Vielleicht wolltest du mich auch davor bewahren, auf die Treiber zu feuern. Danach sagtest du zu mir: ›Schwein gehabt, mein Lieber!‹ Ich bemerkte aber alsbald, dass ich meine CZ75er Luger Pistole, die ich über viele Jahre immer bei mir trug, verloren hatte!«

»Stimmt!, Odo. Ich nehme alles zurück!« Wohl oder übel, lenkte Martin Kobalski ein. Daraufhin sagte er zu der hübschen Kellnerin: »Bitte eine Runde frisch gezapftes Bier für all meine Jagdfreunde!«

»Prost, Freunde – hoch die Gläser!«

»Deine Pistole, sie ist nie gefunden worden?«, fragte Walter Frank verwundert seinen Jagdkollegen Odo Schröter.

»Nein, bis zum heutigen Tage ist sie nicht mehr aufgetaucht. Sie war mein Schutz gegen zu nahe gekommenes Wild für den Notfall und natürlich zur Selbstverteidigung!«, ließ er alle Jagdkollegen wissen.

»Wer waren die Treiber? Wer war alles dabei?«, wollte Walter Frank in Erfahrung bringen.

»Du«, antwortete Odo Schröter, »alle kenn ich natürlich nicht, aber zwei von ihnen könnte ich dir schon benennen: Elias Berger und Andreas Stubinski!«

»Kennst du die beiden näher?«, wollte Walter Frank wissen.

»Nein. Du weißt doch selber, dass wir vor einer Treibjagd immer nach neuen freiwilligen Treibern suchen«, antwortete er mit knappen Worten.

»Aber es könnte doch möglich sein, dass einer von ihnen deine Pistole in der Zwischenzeit gefunden und an sich genommen hat, zumal es eine wertvolle und nicht gerade billige Pistole war«, gab Walter Frank zu bedenken.

»Schließlich wäre es von besonderer Relevanz, sie zu finden, schon im Hinblick auf den Mordfall Alfred Winkelhuber«, bemerkte Hans Lohr mit allem Nachdruck.

Als Martin Kobalski von der Toilette kommend wieder den Gastraum des Gasthofes ›Zur Waldeule‹ betrat und sich zu seinem Stammtisch bewegte, blieb er augenblicklich mit offenem Munde stehen und rief: »Nein, das gibt's doch nicht! Du, Hanna, hier im Gasthof ›Zur Waldeule‹?! Das freut mich aber! Wir haben uns lange nicht mehr gesehen oder voneinander gehört!«, freute sich Martin Kobalski sichtlich.

»Stimmt!«, bemerkte Hanna Wagner. »Dafür habe ich aber mitbekommen, dass es dir gut geht und du nicht nur Bierrunden schmeißt, sondern dass du auch ganz schön Rabatz machen kannst«, antwortete seine frühere Freundin Hanna Wagner spontan und ziemlich direkt.

Kobalski sah Hanna Wagner in die Augen und mit einem schmunzelnden Gesichtsausdruck sagte er: »Du hast ja recht, liebe Hanna, aber so geht es halt unter echten Kerlen zu! Wie lange bist du schon hier im Gasthof ›Zur Waldeule‹? Und bist du alleine hier?«, wollte Martin von Hanna wissen.

»Ich bin nicht alleine hier, Martin. Margot Wiesl, meine langjährige Freundin, hatte die Idee gehabt, hierher zu kommen. Vor einigen Tagen schlug sie mir vor, dass wir uns mal wieder im Gasthof ›Zur Waldeule‹ treffen sollten, um ein bisschen miteinander zu tratschen.«

»Ich war durch das Geschehen am Stammtisch so vereinnahmt, dass ich euch gar nicht bemerkt habe«, wollte Martin Kobalski sich quasi bei Hanna entschuldigen. »Du hast doch hoffentlich unsere Gespräche nicht belauscht?«, fragte er mit einem Augenzwinkern.

»Dass euer Jagdkollege Alfred Winkelhuber in Stockstadt bei seinem Richtfest erschossen wurde, das weiß inzwischen ja wohl jeder«, sagte Hanna. »Dass das Projektil aus einer neun Millimeter Kaliberwaffe stammt, das ist ja auch schon im Umlauf. Und wenn man die Pistole inzwischen gefunden hätte, wären alle etwas klüger. Denn wie ich aus euren Gesprächen mitbekommen habe, könnte Odo Schröters Pistole im Zusammenhang mit dem Mord an Alfred Winkelhuber stehen«, sagte Hanna freiheraus. »Aber lassen wir das jetzt! Darum soll sich die Mordkommission kümmern. Meinst du das nicht auch, Martin?«, wollte Hanna das schreckliche Thema verlassen.

»Hanna, bist du immer noch gesanglich beim Chor ›Bibliser Liederkranz‹ unterwegs?«, wollte Martin Kobalski von seiner früheren Freundin in Erfahrung bringen.

»Ja klar, warum auch nicht! Es macht uns, mir und Margot, immer noch sehr viel Freude! Du bist ja schon vor Jahren aus unserem gemeinschaftlichen Chor ausgeschieden. Warum eigentlich?«, fragte Hanna Martin freundlich.

»Es ist die viele Arbeit, die es in einer Gärtnerei zu erledigen gibt!«

»Und was ist aus deiner kleinen Kräutergärtnerei inzwischen geworden? Betreibst du die immer noch?«, war Hanna neugierig.

»Ja, klar! Jeder fängt mal klein an! Aber im Laufe der Jahre ging das Geschäft mit den Kräutern ganz hervorragend, sodass ich meine Gärtnerei zu einer normalen Gärtnerei mit den verschiedensten Pflanzen und Blumen ausbauen konnte«, sagte Martin Kobalski in stolzer Manier.

»Martin, Margot und ich werden dir zum Abschied das schöne Lied singen, das du auch immer gern gesungen hast: ›Hoch auf dem gelben Wagen‹. Ich hoffe, du stimmst kräftig mit ein!

Hoch auf dem gelben Wagen
sitz ich beim Schwager vorn.
Vorwärts die Rosse traben,
lustig schmettert das Horn.
Felder, Wiesen und Auen,
leuchtendes Ährengold.
Ich möcht ja so gerne noch schauen,
aber der Wagen der rollt.

Also, Martin, es war uns wieder einmal eine große Freude, dir zu begegnen! Und danke, dass du uns mit deiner Bariton-Bass-Stimme kräftig unterstützt hast! Mach's gut! Tschau, Martin!«, riefen die beiden ihm lächelnd zu.

Als Martin Kobalski wieder an den Stammtisch zu seinen Jagdkollegen zurückgekehrt war, hörte er Walter Frank und Hans Lohr im Zwiegespräch. »Wir haben doch zuletzt auch im Jagdrevier Biblis/Einhausen unsere Treibjagd durchgeführt. Ist dir dort etwas aufgefallen?«, fragte Hans Lohr seinen Jagdfreund Walter Frank.

»Ich weiß nicht, worauf du mit dieser Frage eigentlich anspielen willst?«, erwiderte Walter achselzuckend.

»Gut, dann versuche ich es mal so: Unter den Treibern war ein junger Mann, den ich zuvor nie gesehen hatte. Aber sein Verhalten erschien mir sehr auffällig«, wollte Hans herausstellen.

»Wieso war denn dieser auffällige Typ überhaupt bei den Treibern dabei?«, wollte Walter etwas genauer wissen.

»Wie du dich vielleicht erinnern kannst, war es nicht zu allen Zeiten immer so einfach, genügend Treiber zu bekommen!«

»Ich hab's noch in den Ohren, wie ein Jagdkollege, er musste gerade zum Schuss angesetzt haben, aus voller Kehle rief: ›Bist du verrückt? Aus dem Weg! Bist du besoffen? Pass gefälligst besser auf dich auf, sonst passiert noch was!‹«

»Jetzt, wo du mir das so erzählst, ist mir schon aufgefallen, dass damals einer überall dort hingelaufen ist, wo er eigentlich nichts zu suchen gehabt hätte!«, war Walter dann doch verblüfft.

»Vielleicht war dieser Typ wirklich betrunken oder stand unter Drogen«, kam es Hans Lohr in den Sinn.

Kapitel 5: Mordkommission

Zwei Jahre nach dem Mord an Alfred Winkelhuber in seinem neuen Mehrfamilienhaus stand die Mordkommission Darmstdt praktisch mit leeren Händen da. Die Aufklärung dieses ungewöhnlichen Richtfestmordes war so gut wie keinen Schritt voran gekommen. Und trotzdem hatte sich danach Merkwürdiges ereignet.

Frau Erika Schwind war eine Bekannte von Eleonore Schrot. Beide hatten vor zwei Jahren das Richtfest Alfred Winkelhubers in Stockstadt besucht. Später hatte Erika Schwind im Ort über Eleonore Schrot getratscht, und alle durften es hören: »Der Eleonore geht's gar nicht gut! Die Schüsse, die durch die Nacht hallten, haben ihr einen Schock versetzt und danach psychische Probleme bereitet. Das Großaufgebot der Polizei. Die Rettungswagen und das hektische Herumlaufen der Sanitäter. Dann die Nachricht, dass im Richtfesthaus jemand erschossen worden sein soll. Das ist ihr alles über den Kopf gewachsen; das war einfach zu viel für sie. Leute, heute lebt Eleonore förmlich in einer ganz anderen Welt!«

Xaver Brandscheit wollte eines Abends in seinem Büro noch schnell eine Geburtstagskarte an seinen Freund Detlef in Lörrach schreiben, um sie noch rechtzeitig in den Briefkasten einwerfen zu können. Sein Blick wanderte zunächst über den Wandkalender des Monats November, der über seinem Schreibtisch an der Wand hing. Schließlich wollte er den runden Geburtstag seines Freundes – es war der vierzigste – auf keinen Fall vergessen.

Er schrieb auf die Geburtstagskarte:

Mein Freund, wie schnell doch ein Jahr schon wieder vorüber ist. Hätte ich nicht rechtzeitig auf meinen Kalender geschaut, ich hätt's wohl vergessen. Alles Gute zu deinem runden Geburtstag, bleib gesund und viel Erfolg in deinem Beruf!

Viele herzliche Grüße – auch an deine Familie – von deinem Freund Xaver.

Am anderen Morgen, so gegen sieben Uhr in der Frühe, verabschiedete sich Xaver Brandscheit von seiner Frau Anna, wie an den vorangegangenen Tagen auch. Mit Hut, Mantel und Aktenkoffer in der rechten Hand war er auf dem Weg zu seiner Garage. Das Wetter hatte sich an diesem Morgen wider Erwarten völlig verändert.

Im Selbstgespräch sprach er leise vor sich hin: »Was für ein dicker Nebel heute früh. Da komme ich bestimmt zu spät ins Büro. Au Backe, die Sicht ist unter fünf Meter. Das kann dauern. Dann fahre ich halt langsamer, aber vorsichtig! Ankommen ist heute alles!«

Er öffnete das Tor seiner Garage und legte Mantel, Aktenkoffer und Hut auf den Rücksitz seines Autos. Xaver hatte noch den Griff der Hintertür in der Hand, als er plötzlich eine Stimme hörte, die von der Straße her kam: »Huiiii, huuuu, heeeeii, hauuuu!«

›Was ist das denn?‹, fragte Xaver sich leicht beunruhigt. Er war im Auto von seinem Grundstück gerade einmal zehn Meter auf der Straße unterwegs, als er von jetzt auf gleich eine Vollbremsung hinlegen musste. Die Bremsen griffen rasch und zuverlässig. Vor seinem Auto war unvorhersehbar eine Gestalt wie aus dem Nichts aufgetaucht.

Er sprach wiederum im Selbstgespräch verwundert: »Was soll das denn werden? Von Kopf bis Fuß in weißblauem Tüll verschleiert. Was soll ich jetzt bloß tun? Diese furchterregende, gruselige Gestalt will nicht weichen. Sie bewegt sich tanzend und drohend immer wieder vor meinem Auto. Da könnte einem fast das Herz stehen bleiben! Ich halt's im Kopf nicht mehr aus!«

Nach etwa zehn Minuten war der Spuk wieder vorbei, und Xaver fragte sich: »Wer macht denn bloß so etwas? Das muss ja eine Verrückte sein!«

Bei diesem letzten Satz erinnerte sich Xaver wieder daran, was Erika Schwind über Eleonore Schrot im Ort geplaudert hatte.

»Dann kann das, mit hoher Wahrscheinlichkeit nur Eleonore Schrot gewesen sein, die mir hier früh morgens vor meinem Auto herumgefuchtelt hat«, war sich Xaver Brandscheit plötzlich ziemlich sicher.

Als Xaver Brandscheit am Abend wieder bei seiner lieben Frau Anna zu Hause angekommen war, erzählte er ihr von dem, was er am frühen Morgen, bevor er zur Arbeit fuhr, erlebt hatte.

»Ja, mein Schatz, ich hab auch schon gehört, dass Eleonore Schrot sich manchmal sonderlich aufführen würde. Es könnte aber auch dein Schutzengel gewesen sein, der dich vor diesem dichten Nebel in der Früh bewahren wollte«, konnte Anna sich mächtig amüsieren.

Im Mordfall Alfred Winkelhuber schien sich nach über zwei Jahren Erfolglosigkeit, die Angelegenheit sichtlich zu verschärfen. Zwei Herren von der Mordkommission

Darmstadt nahmen erneut Anlauf, um Licht ins Dunkel dieses heimtückischen Richtfestmordes zu bringen.

Am Freitag der ersten Oktoberwoche des Jahres 1995 standen unangemeldet zwei Ermittler in der Gemeinde Einhausen bei Herrn Odo Schröter vor der Haustür.

»Guten Tag, Herr Schröter. Wir sind von der Mordkommission Darmstadt. Wir müssen Sie dringend im Mordfall Alfred Winkelhuber befragen. Zu meiner linken Seite, das ist Herr Carsten Vogt, mein Name ist Philip Jakobson. Herr Schröter, wo waren Sie am 8. August des Jahres 1993 zwischen 19 und 24 Uhr?«, fragte Philip Jakobson.

»Ich war bei meinem Jagdkollegen Alfred Winkelhuber. Er hatte mich zu einem Richtfest nach Stockstadt eingeladen!«

»Wo genau waren Sie zur Tatzeit, zwischen 22:30 Uhr und 23 Uhr?«, wollte Carsten Vogt wissen.

»In Stockstadt bei Winkelhubers Richtfest. Ich saß mit anderen Gästen unter dem Zeltdach.«

»Können Sie Zeugen benennen?«

»Ja, das kann ich. Frau Gertrud Kutschmann und Herrn Fritz Laubenholz. Wir saßen gemeinsam auf einer Festzeltbank.«

»Sind Sie im Besitz einer Waffe, Herr Schröter?«

»Ich hatte eine Pistole des Typs CZ75 Luger, Kaliber 9 Millimeter.«

»Was heißt das: Ich hatte?«

»Im Gerangel bei einer Jagd muss ich wohl meine Sicherheitsweste mit der Pistole verloren haben.«

»Und wann ist Ihnen aufgefallen, dass Ihre Sicherheitsweste und Ihre Pistole nicht mehr in Ihrem Besitz sind?«

»Im Herbst 1992, unmittelbar nach der Kühkopftreibjagd.«

»Ihre Sicherheitsweste wurde tatsächlich im Jagdrevier Kühkopf gefunden, aber ohne Waffe.«

»Die muss dann jemand entwendet haben.«

»Wo befindet sich Ihre Pistole jetzt?«, fragte Chefermittler Philip Jakobson.

»Ich habe keinerlei Ahnung, wo meine Pistole jetzt sein könnte. Wer auch immer sie entwendet hat, sie wurde nie wieder gefunden.«

»Herr Schröter, Alfred Winkelhuber ist mit einer Pistole gleichen Typs erschossen worden. Es könnte Ihre Waffe gewesen sein. Leider haben wir den Täter noch nicht fassen können, auch haben wir die Tatwaffe noch nicht gefunden.«

»Könnte es sein, dass einer der damaligen Treiber es auf Ihre Pistole abgesehen hatte?«

»Ja, das wäre möglich. Vor allem, wenn derjenige das Gerangel, das es bei solchen Treibjagden mal geben kann, beobachtet hat.«

»Kennen Sie die Treiber, die bei der Treibjagd im Jagdrevier Kühkopf dabei waren?«

»Selbst wenn die Treiber schon des Öfteren dabei waren, so muss ich Ihnen leider sagen, deren Namen waren weniger relevant! Bevor eine Treibjagd überhaupt gestartet wurde, wurde allen erst einmal erklärt, welchen Sinn so eine Jagd hat, nämlich die Balance zwischen Wildbestand und Forstwirtschaft zu erhalten.«

Ermittler Carsten Vogt sagte: »Es würde uns schon etwas weiterbringen, wenn Ihnen wenigstens ein oder zwei Namen einfallen würden!«

»Ich überlege gerade! Bei der Treibjagd im Revier Kühkopf liefen mir zwei Treiber fast vor die Büchse, und ich wollte später von Kollegen wissen, wer die Männer waren. Jemand sagte mir, der eine sei Elias Berger aus Pfungstadt gewesen und der zweite Treiber käme aus Biblis. Sein Name sei Andreas Stubinski.«

Darauf erwiderte Ermittler Philip Jakobson: »Das war dann also vor dem Richtfest Winkelhubers in Stockstadt?«

»Hmm, ja.«

»Das war's dann, Herr Schröter! Hiermit geht unsere erste Befragung zu Ende, aber halten Sie sich bereit, falls wir Sie nochmals befragen müssen!«

»Ist schon in Ordnung.«

»Viel weiter gekommen sind wir zwar nicht, aber kleine Schritte nach vorn sind besser als Rückschritte«, resümierte Carsten Vogt gegenüber Philip Jakobson.

»Wir werden jetzt unsere Zeit den beiden Treibern aus Pfungstadt und Biblis widmen«, sagte Philip Jakobson spontan zu seinem Kollegen.

Schon bald waren die Ermittler in Pfungstadt, um Herrn Elias Berger zu befragen.

Philip Jakobson hielt bereits seinen Ermittlerausweis in der rechten Hand, während Carsten Vogt die Klingel von Elias Berger betätigt hatte. Kurz darauf öffnete Herr Berger seine Wohnungstür und sagte: »Ja, bitte, worum geht es denn?«

»Wir sind von der Mordkommission Darmstadt. Das ist mein Kollege Carsten Vogt und mein Name ist Philip Jakobson.«

Während Jakobson noch seinen Dienstausweis in die

Jackentasche steckte, fragte er: »Herr Berger, wo waren Sie am 8. August 1993 zwischen 19 Uhr und 24 Uhr?«

»Da kann ich mich zufälligerweise genau erinnern, weil ich an dem Tag einen wichtigen Termin hatte. Ich bin um 19:58 Uhr mit der Bundesbahn nach Kassel gefahren.«

»Was wollten Sie in Kassel?«, fragte Carsten Vogt.

»Ich hatte im Hotel Adler einen Vorstellungstermin. Ich hatte mich dort als Kellner beworben.«

»Was sind Sie von Beruf?«, wollte Philip Jakobson wissen.

»Ich habe in einem renommierten Hotel Koch gelernt, aber auch schon meine Erfahrungen mit der Kellnerei gemacht.«

»Haben Sie den Namen Alfred Winkelhuber schon einmal gehört?«

»Nein. Dieser Name sagt mir nichts.«

»Herr Berger, haben Sie schon einmal in Ihrem Leben an einer Treibjagd teilgenommen?«

»Ja. Das muss vor ein paar Jahren im Revier Kühkopf gewesen sein, wenn ich mich richtig erinnere.«

Carsten Vogt fragte nach anderen Treibern, die eventuell dabei gewesen sein könnten.

»Herr Berger, haben Sie schon einmal den Namen Andreas Stubinski gehört?«

»Den Namen habe ich vielleicht bei der Treibjagd im Revier Kühkopf gehört, aber kennen tue ich diese Person nicht. Das tut mir leid.«

»Wir werden Ihre Angaben selbstverständlich überprüfen. Falls wir Sie nochmals befragen müssen, bekommen Sie von uns Bescheid. Auf Wiedersehen, Herr Berger!«

»Ja, jetzt müssen wir nach Biblis zu Andreas Stubinski, dem besagten zweiten Treiber«, sagte Carsten Vogt zu seinem Kollegen.

Es war die zweite Novemberwoche an einem Dienstag. Unangemeldet standen die Ermittler der Mordkommission Darmstadt in Biblis vor der Wohnungstür von Andreas Stubinski.

Nach dreimaligem Klingeln öffnete Stubinski vorsichtig die Tür und schaute neugierig durch den Türspalt heraus.

»Guten Tag, Sie sind Herr Andreas Stubinski?«

»Ja, das bin ich!«

»Wir sind von der Mordkommission Darmstadt und wollen Ihnen ein paar Fragen stellen. Ach, ich hätte es fast vergessen: Das ist mein Kollege Philip Jakobson und mein Name ist Carsten Vogt.«

»Herr Stubinski, kennen Sie Alfred Winkelhuber?«

»Nein.«

Jakobson zeigte Stubinski eine Fotografie.

»Haben Sie diese Person hier auf dem Foto schon einmal gesehen?«, wollte Philip Jakobson in Erfahrung bringen. »Warum sagen Sie nichts?«

»Ich weiß es nicht so genau, der Mann auf dem Foto ähnelt irgendwie meinem früheren Chef. Aber ich kann es nicht mit Bestimmtheit sagen.«

»Wie ist der Name Ihres früheren Chefs? Und was war Ihre Tätigkeit?«

»Sein Name ist Martin Kobalski. Bei ihm habe ich als Gärtner gearbeitet. Ich bin nämlich Gärtner von Beruf.«

»Okay und warum haben Sie Ihren Chef nicht gleich erkannt, warum haben Sie gezögert?«, fragte Carsten Vogt nach.

»Der Mensch verändert sich ja im Laufe der Zeit. Deshalb habe ich etwas überlegt.«

»Herr Stubinski, die Person auf dem Foto ist nicht Ihr Chef, Martin Kobalski, sondern das Stockstädter Mordopfer, Alfred Winkelhuber!«

»Was wollen Sie damit sagen?«

»Herr Stubinski, die Fragen stellen wir hier, ist das klar?! Wo waren Sie am 8. August 1993 zwischen 19 Uhr und 24 Uhr?«

»Ich war zu Hause!«

»Leben Sie hier alleine in Ihrer Wohnung?«

»Ja.«

»Womit bestreiten Sie Ihren Unterhalt?«

»Ich arbeite bei der Gemeinde Biblis als Friedhofsgärtner.«

Carsten Vogt hatte gerade eine kleine Pause eingelegt, um die gegebenen Antworten des Befragten zu rekapitulieren. Unterdessen hatte Philip Jakobson zufälligerweise ein Paar auffallende Schuhe in seinem Blickfeld. Kurz darauf flüsterte er seinem Amtskollegen Carsten Vogt Folgendes ins Ohr: »Betrachte dir mal diese Schuhe! Auffällig! Oder? Die krallen wir uns mal, um eine Abgleichung mit den Spurenfunden am Tatort machen zu lassen.«

»Geben Sie uns bitte mal dieses Paar Schuhe mit«, sagte Philip Jakobson zu Andreas Stubinski. »Nicht diese! Das andere Paar, daneben, mit dem groben Stollenprofil.«

»Warum wollen Sie die mitnehmen, die brauche ich doch! Das sind meine Arbeitsschuhe als Friedhofsgärtner. Die müssen Sie mir aber wieder zurückgeben!«

»Herr Stubinski, halten Sie sich jederzeit zur Verfügung, denn wir müssen noch weitere Befragungen durchführen«, sagte Philip Jakobson eindringlich.

Philip Jakobson hatte irgendwie einen Verdacht, als er zu seinem Amtskollegen Carsten Vogt sagte: »Das ganze Drum und Dran im Mordfall Alfred Winkelhuber lässt mich zu der Vermutung kommen, dass es eine tödliche Verwechslung gegeben haben könnte. Wie kann es sein, dass Herr Andreas Stubinskis auf einem Foto Winkelhuber für seinen ehemaligen Chef hält? Sein Zweifel lässt uns auf den Plan X kommen. Das heißt im Klartext, wir müssen Martin Kobalski in Biblis schon recht bald einen Besuch abstatten!«

Zwei Tage nach der Befragung von Andreas Stubinski standen die Ermittler in Biblis vor Martin Kobalskis Haustür.

»Schöne, ruhige Wohnlage hier«, fand Carsten Vogt.

»Da hast du wirklich recht. So würde ich auch gerne wohnen wollen. Aber billig ist es hier bestimmt nicht. Sieh dir nur mal den protzigen Klopfbügel hier an der Haustür an«, sagte Philip Jakobson.

Carsten Vogt betätigte den wuchtigen goldenen Türklopfer in Form eines Löwenkopfes an der massiven Haustür zum wiederholten Male. Niemand öffnete.

»Ist denn da niemand zu Hause?«, sagte er.

Er betätige noch mehrmals den Türklopfer. Da wurde die Haustür schließlich zögernd von einem etwa dreizehnjährigen Mädchen geöffnet.

»Wer sind Sie? Ich darf keine Fremden hereinlassen«, sagte sie und ließ die schwere Haustür wieder ins Schloss fallen.

»Opa, da draußen vor der Tür stehen zwei Männer, geh du bitte zur Tür!«

Opa Kobalski lächelte seine Enkelin an und sagte: »Gut so, dass du niemand hereingelassen hast. Ich werde die Tür öffnen!«

Martin Kobalski öffnete also die Haustür und fragte die Herren: »Was gibt es denn so Wichtiges? Darf ich fragen, wer Sie sind und warum Sie so aufdringlich an die Haustür geklopft haben?«

»Sind Sie Martin Kobalski? Stimmt das?«

»Ja. Ich heiße so.«

»Entschuldigen Sie bitte, aber wir sind von der Mordkommission Darmstadt. Dürfen wir hereinkommen?«

»Ja, bitte, meine Herren«, sagte Martin Kobalski.

»Darf ich vorstellen, das ist mein Kollege Carsten Vogt. Und ich bin der Leiter der Kommission, mein Name ist Philip Jakobson.«

»Herr Kobalski, ich zeige Ihnen jetzt ein Foto, und Sie sagen mir, wen Sie da auf dem Bild erkennen! Okay?«

»Ja, das müsste Alfred sein.«

»Herr Kobalski, bitte etwas präziser, wenn ich bitten darf!«, sagte Philip Jakobson.

»Wie gut kennen Sie diesen Alfred, wie Sie ihn nennen?«, fragte Carsten Vogt nach.

»Das ist mein Freund und Jagdkollege Alfred Winkelhuber. Wir haben uns viele Jahre gekannt.«

»Herr Alfred Winkelhuber ist erschossen worden. Und wir wollen endlich Licht ins Dunkel bringen.«

»Ja, ich weiß!«

»Wie haben Sie damals vom Tod Ihres Freundes erfahren?«

»So ein Geschehnis macht die Runde wie ein Lauffeuer. Das hat mich damals ziemlich getroffen, wie Sie sich vielleicht vorstellen können.«

»Hat jemand schon einmal zu Ihnen gesagt, dass Sie große Ähnlichkeit mit Ihrem Freund Alfred Winkelhuber haben?«

»So direkt eigentlich nicht, aber es mag schon sein.«

»Waren Sie bei Winkelhubers Richtfest in Stockstadt unter seinen Gästen?«

»Ja. Alfred hatte mich ganz selbstverständlich zu seinem Richtfest eingeladen. Wegen meiner bettlägerigen Frau Maria konnte ich jedoch nur am ersten Tag des Festes dabei sein.«

»War das vielleicht Ihr großes Glück? Und galten die Schüsse vielleicht Ihnen, weil der Schütze Sie mit Winkelhuber verwechselt hatte?«

»Mein Gott, ich weiß nicht, was ich dazu sagen soll. Das ist einfach nur schrecklich! Wer sollte mich umbringen wollen? Und warum? Das verstehe ich nicht!«

»Wir wissen, dass Sie eine Groß-Gärtnerei besitzen, und Sie brauchen Personal. Gab es irgendwann einmal größeren Ärger mit Ihren Mitarbeitern, sodass Sie konsequent hätten handeln müssen?«

»Sicherlich gab's das alles, aber ich habe mir nichts vorzuwerfen.«

»Meine letzte Frage an Sie, Herr Kobalski: Kennen Sie Andreas Stubinski?«

»Soll dieser Herr bei mir gearbeitet haben? Im Moment sagt mir dieser Name nicht viel.«

»Noch haben wir keine heiße Spur, aber wir versichern Ihnen, wir werden den Täter finden – heute oder morgen! Halten Sie sich für weitere Fragen bereit, Herr Kobalski!«

Kurz vor Ablauf des Jahres 1995 hatte die Jagdgenossenschaft Riedstadt ihre Jagdmitglieder zur Wahl eines neuen Jagdpächters eingeladen. Man traf sich am letzten Freitag im November um 20 Uhr im Gasthof ›Zur Waldeule‹. Forstamtsleiter Kilian Grohne aus Groß-Rohrheim eröffnete pünktlich die Versammlung zur notwendig gewordenen Wahl eines neuen Jagdpächters. Grohne fungierte in Vertretung des ermordeten Jagdfreundes Alfred Winkelhubers, der dieses Amt innegehabt hatte.

»Liebe Jagdfreunde und -kollegen, wie ihr vielleicht schon erfahren habt, wird unser langjähriger und erfolgreicher Jagdpächter Martin Kobalski sich nicht wieder zur Wahl stellen. Martin gab persönliche Gründe dafür an, sich nicht wieder aufstellen zu lassen. Wir wählen heute gleich zwei Amtsträger, einen neuen Jagdpächter und einen neuen Forstamtsleiter.«

Hans Lohr wurde von seinen Jagdfreunden zum Wahlleiter auserkoren.

Kilian Grohne sagte: »Wer für Hans stimmt, der erhebe bitte die Hand. Wie ich feststelle, keine Gegenstimmen!«

»Hans, nimmst du die Wahl als Wahleiter an?«

»Ja, ich nehme die Wahl an! Liebe Jagdfreunde, es ist mir eine große Ehre als Wahlleiter fungieren zu dürfen! Ich danke euch!

Nun zur anstehenden Wahl: Herr Odo Schröter steht für die Nachfolge von Herrn Martin Kobalski und Herr Kilian Grohne für die Nachfolge von Alfred Winkelhuber zur Wahl. Ist jemand mit den aufgestellten Kandidaten nicht einverstanden, so möge er sich jetzt melden. Der Betreffende kann sich auch zur Wahl aufstellen lassen. Ich stelle fest: Das ist nicht der Fall! Wir stimmen also jetzt ab! Wer für den Kandidaten Odo Schröter votiert, der hebe bitte die Hand! Aha, dreizehn Stimmen für Odo Schröter bei zwei Gegenstimmen. Wer für den Kandidaten Kilian Grohne votiert, der hebe bitte die Hand! Vierzehn Stimmen entfallen auf Kilian Grohne bei einer Enthaltung.«

Hans Lohr fragte: »Herr Odo Schröter, nehmen Sie diese Wahl an?«

»Ja, ich nehme die Wahl an!«

»Herr Kilian Grohne, auch Sie frage ich, nehmen Sie die Wahl an?«

»Ja, auch ich nehme die Wahl an!«

»Liebe Jagdfreunde, ich stelle damit fest, wir haben einen neuen Jagdpächter und einen neuen Forstamtsleiter – demokratisch gewählt!«

Hans Lohr fuhr fort: »Lieber Odo, lieber Kilian, ich freue mich über eure Bereitschaft, ein neues Amt zu übernehmen. Und ich wünsche euch in eurem Tun viel Erfolg, Kraft und Gottes Segen für die kommende Zeit, die vor euch liegt!

Nun wollen wir alle nochmals recht herzlich gratulieren, bevor die Jagdhornbläser das ›Halali, Jagd vorbei‹, ertönen lassen.

Ich möchte mich bei allen Jagdfreunden und Jagdkollegen nochmals für die Teilnahme an der heutigen Wahlentscheidung für unsere wichtigen Ämter recht herzlich bedanken und wünsche allen eine gute Heimfahrt!«

Die meisten Jagdkollegen machten sich alsbald wieder auf den Weg nach Hause, während eine kleine Gruppe noch im Gasthof ›Zur Waldeule‹ verweilen wollte.

Hans Lohr sagte entspannt zu seinen noch verbliebenen Jagdfreunden: »So, dieses Ereignis muss erst einmal begossen werden! Oder? Ich gehe doch davon aus, dass Odo und Kilian uns noch so richtig nass machen werden – ich meine von innen, selbstverständlich.«

Auf dem Weg zum Stammtisch sagte Kilian zu Martina, der hübschen jungen Kellnerin: »Für jeden ein kühles, frisch gezapftes Pils, bitte!«

Die Jagdfreunde saßen an ihrem Stammtisch, erhoben ihre Gläser und prosteten sich zum Erfolg des reibungslosen Wahlausganges zu.

Während Walter Frank sich noch den Schaum von den Lippen wischte, sagte Martin Kobalski zu Hans Lohr: »Der Richtfestmord in Stockstadt, ist der eigentlich immer noch nicht aufgeklärt?«

»Nein, und das Schlimme daran ist, dass die Mordkommission Darmstadt immer noch nicht den Täter zu fassen gekriegt hat, geschweige denn die Tatwaffe gefunden hat«, entrüstete sich Walter Frank.

»Sag mal, Martin, konnte man dich vor zwei Jahren wirklich mit Alfred Winkelhuber verwechseln? Zumindest hörte man es von verschiedenen Leuten im Ort immer wieder.«

»Das mag schon sein, aber ich selber habe nie darauf geachtet.«

»Stell dir einmal vor, du kommst zu Tode nur durch eine Verwechslung«, sagte Odo Schröter nachdenklich.

Darauf erwähnte Hans Lohr: »Ich denke gerade an die

Treibjagd im Jagdrevier Biblis/Einhausen im Herbst des Jahres 1993.«

»Dann schieß mal los!«, sagte Odo Schröter.

»Unter den Treibern war ein junger Mann, den ich zuvor noch nie gesehen hatte. Sein Verhalten erschien mir sehr auffällig.

Ich hab's noch in den Ohren, wie ein Jagdkollege, der gerade zum Schuss angesetzt hatte lauthals schrie: ›Bist du verrückt geworden? Aus dem Weg! Pass gefälligst besser auf dich auf, sonst passiert noch was!‹ Na, vielleicht steht der Kerl unter Drogen?, dachte ich mir damals«, sagte Hans Lohr.

»Kennst du seinen Namen?«, fragte Odo Schröter.

»Ich meine mich erinnern zu können, seinen Namen bei dieser Treibjagd mal kurz gehört zu haben – wie es so ist, wenn du mit deinen Gedanken ganz woanders bist!«

»Und – erinnerst du dich an den Namen?«, fragte Odo Schröter noch einmal.

»Denius oder so ähnlich. Nein, jetzt fällt's mir wieder ein – Rupinius, Alois mit Vornamen, das gestreckte ›pi‹ war's, was mir im Gedächtnis geblieben ist«, hielt Hans Lohr fest.

»Komischer Name. Noch nie gehört«, mischte sich Walter Frank ein. »Doch jetzt, wo du mir das alles erzählst, erinnere ich mich, dass dieser junge Mann überall dort hingelaufen ist, wo er eigentlich – aus Sicht der Jäger – nichts zu suchen gehabt hätte«, bemerkte Walter Frank gegenüber Hans Lohr.

»Wie konnte es überhaupt passieren, dass dieser Rupinius als Treiber mitgenommen wurde, obwohl doch jeder bemerkt haben musste, dass er sehr blass im Gesicht war und kaum ein paar Worte von sich gab – im Gegensatz zu den anderen Typen, die beweglich und sehr reaktionsschnell waren?«, fragte Odo Schröter verwundert.

Kilian Grohne, der neugewählte Forstamtsleiter, machte es sich nicht leicht und unterbreitete seinen Jagdkollegen folgendes Denkspielchen: »Liebe Jagdkollegen, es wäre doch denkbar, dass dieser Typ, von dem wir hier reden, gar nicht so blöd war, sondern uns nur etwas vorgespielt hat! Gesetzt den Fall, er wäre drogenabhängig, dann würde er nach Pflanzen suchen wollen, die seiner Abhängigkeit Nahrung geben könnten! Er könnte also zum Beispiel nach der Pflanze Ausschau gehalten haben, die Cannabis heißt und all seine Probleme gelöst hätte – obwohl die im Wald natürlich normalerweise gar nicht zu finden ist.«

»Dieser Kilian, das hätte ich nicht gedacht. Aber seine Ideen bzw. seine Gedanken sind nicht nur logisch, sondern geradezu ein wichtiger Hinweis, nach dieser verbotenen Pflanze zu suchen«, sagte Hans Lohr seinen überraschten Jagdfreunden.

»Und in diesem Zusammenhang, wie Hans ihn formuliert hat, stellt sich mir folgende Frage«, sagte Walter Frank: »Wo genau, in welcher Waldflur, ist dieser Rupinius besonders auffällig gewesen?«

Ernst Wunderlich, von seinen Jagdfreunden als bescheiden und zurückhaltend geschätzt, sagte plötzlich zu Martin Kobalski: »Du, Martin, ich habe den Eindruck, dass dich dies alles überhaupt nicht interessiert!«

Daraufhin reagierte Martin Kobalski etwas angesäuert: »Wie kommst du bloß darauf? Ich bin gespannt, mit welchen Träumereien du noch aufwarten wirst!«

»He, Ernst, ich glaube du übertreibst ein bisschen«, reagierte Odo Schröter.

»Also, Martin, was hast du uns dazu zu sagen? Möglicherweise hat Alois Rupinius uns wirklich etwas vorgespielt«, wollte Odo von Martin augenblicklich erfahren.

»Lass mich nachdenken«, sagte Martin. »Es ist ja auch schon eine ganze Weile her. Ja, dieser Alois Rupinius hat vor Jahren bei mir im Frühjahr und/oder Herbst, saisonal bedingt, in meiner Gärtnerei gearbeitet. Er hat seine Arbeiten gut erledigt. Und ansonsten ist mir nichts weiter an ihm aufgefallen.«

»Martin, weil du gerade so intensiv nachgedacht hast, fällt dir vielleicht doch noch der Name eines anderen Typen ein, der eventuell mit Alois zusammengearbeitet haben könnte?«

»Wenn ich scharf nachdenke, könnte ich dir bestimmt auch andere Namen nennen, aber was nützt es dir – nach so langer Zeit?«, antwortete Martin leicht verärgert.

»Moment mal, könntest du bei deinen Überlegungen möglicherweise an einen Mitarbeiter in deiner Gärtnerei gedacht haben, mit dem du so deine Schwierigkeiten hattest?«, versuchte Odo Schröter herauszufinden.

Daraufhin meldete sich Ernst Wunderlich aus Riedstadt zu Wort und sagte zu seinen Jagdfreunden: »Wie ihr vielleicht wisst, bin ich gerne mit dem Fahrrad unterwegs. Mein Ziel ist oft das Hafengebiet in Gernsheim. Bei schönem Wetter sitze ich dort auf einer Sitzbank an der Uferpromenade und genieße einfach nur mein Dasein und die herrliche Natur in meiner Umgebung. Mir fällt soeben eine seltene wie komische Begebenheit ein, die ich euch nicht vorenthalten möchte.«

»Dann leg mal los, Ernst!«, sagte Walter Frank.

»Es war im Sommer des Jahres 1994, als ich eine neue Route zum Rhein gewählt hatte. In Höhe der Wasserschutzpolizei am Rhein musste ich vom Fahrrad absteigen, weil mir Fußgänger entgegenkamen. Diese Fußgänger grüßten freundlich und auch ich war bester Laune. Ich wollte dann lieber mein Fahrrad schieben, weil es bis zur nächsten Sitzbank nicht mehr weit war. Während ich meine Umgebung sehenden Auges verinnerlichte, fiel mir besonders die Brückenruine aus den vierziger Jahren auf. Diese Brücke wurde am 19. März 1945 von deutschen Soldaten gesprengt, um den Vormarsch der amerikanischen Streitkräfte zu stoppen. Weil die Brückenruine schon ziemlich verwittert aussah, stand ich da und grübelte, warum so etwas schützenswert sein sollte. Während ich wohl ein bisschen in Gedanken versunken war, hörte ich in unmittelbarer Nähe seltsame Schnarchgeräusche. Ich dachte sofort, da liegt jemand unter der Brücke, und ich schaute neugierig nach. Tatsächlich! ›Da ist jemand‹, dachte ich. Ich blieb aber im gebührenden Abstand stehen und hörte nur noch: ›Alois Rupinius, wo bist du bloß wieder eingeschlafen? Mein Gott, so eine Scheiße! Wie bin ich bloß hierher gekommen?‹ Da war wohl gerade jemand aus seinen Träumen erwacht und führte Selbstgespräche.

Als ich den Namen Alois Rupinius hörte, dachte ich sofort an die Treibjagd im Jagdrevier Biblis/Einhausen. Mit anderen Worten, das muss eben dieser auffällige Treiber gewesen sein, den ich unter der Brückenruine beobachtet habe.«

»Aber Ernst, mal ehrlich, das nimmt dir niemand ab,

was du uns da als Story erzählst«, erwiderte Walter Frank stirnrunzelnd.

»Du kannst von mir ja denken, was du willst, aber so habe ich's wirklich dort an der Brückenruine erlebt«, antwortete Ernst Wunderlich gelassen. Wenn ihr mir schon nicht glauben wollt, dann muss ich euch doch noch eine meiner Beobachtungen aus dem Gernsheimer Hafengebiet zum Besten geben«, wollte Ernst Wunderlich ernst genommen werden.

»Eines Mittwochabends im Spätherbst des gleichen Jahres fuhr ich mit meinem Auto nach Gernsheim ins Hafengebiet, um den Sonnenuntergang mit meiner neuerworbenen Videokamera aufzunehmen. Ich parkte mein Auto linksseitig vom Fähranleger. Nachdem ich ausgestiegen war, nahm ich meine Kamera und visierte mein Objekt ›Sonne‹ an. Im Schwenk der Videoaufzeichnung fiel mir plötzlich eine Person auf, die sich der Brückenruine näherte. Meiner Neugierde nachgebend ließ ich diese Person nicht mehr aus den Augen, denn die Erfahrung mit dem schnarchenden Menschen unter dieser Brücke hatte sich mir eingeprägt. Diese Person, die ich jetzt in mein Blickfeld genommen hatte, ging schnurstracks auf den Brückenpfeiler zu, wo ich diesen Alois Rupinius beobachtet hatte. Ich tauschte meine Kamera gegen mein Fernglas und sah, wie die erste Person einer anderen Person, die dort stand, etwas überreichte. Ich dachte sofort an Rauschmittel, und dass sie sich kennen mussten. Aber woher?, fragte ich mich.«

Kapitel 6: Spurensuche

Als Ermittler Carsten Vogt von der Mordkommission Darmstadt in der dritten Novemberwoche seinen Freund und Kollegen Matthias Fitzek vom Labor in Darmstadt aufsuchte, fragte er ihn sofort: »Na, mein Freund, bist du endlich fündig geworden?«

»Carsten, ich habe mehrere Spuren, die ich zuordnen muss, daher bitte etwas präziser!«

»Okay, entschuldige bitte«, sagte Carsten Vogt.

»Matthias, vor knapp einer Woche brachten wir dir ein paar Schuhe mit grobem Stollenprofil. Kannst du dich jetzt wieder erinnern?«

»Warum nicht gleich so, mein Lieber!«

Matthias Fitzek holte mehrere Gipsabdrücke, die nach dem Mord in Stockstadt im Haus von Alfred Winkelhuber genommen wurden. Dann sagte er zu seinem Freund Carsten Vogt: »Leider, Carsten! Das Sohlenprofil der Schuhe, die du mir gebracht hattest, kann ich absolut nicht zuordnen. Das war voll daneben!

Vielleicht hat die Gernsheimer Polizei zu Beginn der Spurensuche nicht gründlich genug recherchiert. Das heißt doch im Klartext, wichtige Spuren könnten nicht mehr gefunden werden. Aber bekanntlich stirbt die Hoffnung zuletzt. Wir brauchen Beweise, ob Schuhprofil oder noch besser die Tatwaffe«, sagte er ergänzend.

»Damit haben mein Kollege Philip und ich nun wirklich nicht gerechnet! Waren wir uns doch so sicher, über das Schuhwerk den Täter gefunden zu haben«, resümierte Carsten enttäuscht. »Scheiße, wieder nix! Entschuldige den Ausdruck, aber ich bin einfach nur stinksauer!«, ließ er seine Wut ab und räumte mit seiner linken Hand fast den halben Schreibtisch seines Freundes Matthias leer.

»Was wird wohl mein Ermittlerkollege antworten, wenn ich ihm sagen muss: ›Philip, Stubinskis Schuhsohlenprofil kann als Beweis nicht zugeordnet werden.‹«

Kurz danach stand Carsten Vogt mit hängenden Schultern bei seinem Kollegen Philip Jakobson im Büro, der gerade losdonnerte: »He, was ist los? Ohne anzuklopfen stürmst du hier herein, das bin ich von dir gar nicht gewohnt!

»Stell dir bitte vor, die Laboruntersuchung hat für uns kein positives Ergebnis gebracht«, sagte Carsten Vogt enttäuscht.«

»Jetzt beruhige dich erst einmal, wir müssen weiter am Ball bleiben, bis wir die Spuren des Täters gefunden haben«, tröstete Philip Jakobson seinen Kollegen Carsten.

»Es ist dennoch langsam fustrierend, nach so langer Zeit ohne konkrete Hinweise dastehen zu müssen«, resümierte Philip Jakobson.

»Ich glaube, da müssen die Gernsheimer Kollegen noch einmal alles auf den Kopf stellen. Die haben sich zu sehr auf die Spurensuche im Haus beschränkt. Dort habe sie zwar das Opfer gefunden, aber das Areal zu wenig in den Fokus genommen«, sagte Carsten Vogt zurückschauend.

»Es ist ja wohl so, dass seit dem Mord weder ein Handwerker noch sonst jemand das Grundstück und den Bau betreten durfte, Das wollte ich nur mal klarstellen. Denn nur deshalb haben wir noch eine Chance, beweiskräftiges Material zu finden«, sagte Carsten Vogt zu seinem Kollegen Philip Jakobson.

»Und weil ein positives Ergebnis immer dringender wird, schlage ich vor, dass wir uns mit der Gernsheimer Polizeistation in Verbindung setzen. Kollege Oliver Burkhardt von der Gernsheimer Polizei würde eine gute Unterstützung für uns sein. Er könnte mit uns morgen früh nach Tagesanbruch das Grundstück von Alfred Winkelhuber näher in Augenschein nehmen«, sagte Philip Jakobson entschlossen.

Es war ein Dienstag, Anfang Dezember, es lag kein Schnee und frostfrei war der Boden auch. Und so war der Ansporn, auf Spurensuche zu gehen, bei den Ermittlern besonders groß. Akribisch wollten sie alles unter die Lupe nehmen, was eine Baustelle so zu bieten hat. Egal, ob Schalbretter, Mauersteine oder Gerätschaften.

Auf der Baustelle von Alfred Winkelhuber in Stockstadt ›Hoher Sandhügel‹ angekommen, sagte Philip Jakobson zu Oliver Burkhardt: »Der Täter ist ja während des Richtfestes angeblich von keinem der Gäste gesehen worden. Das sagen wenigstens die Ergebnisse aller Befragungen, die bei den Richtfestgästen durchgeführt worden sind. Das würde für uns bei der Suche bedeuten, dass wir auf der Hausseite beginnen sollten, die für die Festgäste nicht einsehbar war«, sagte Philip Jakobson überzeugt. Wir müssen also auf der Straßenseite beginnen, von wo aus man den Hauseingang nicht sehen kann. Das wäre dann die Ostseite«, erklärte Philip Jakobson.

Und so nahm die Suche ihren Lauf.

»Oliver, komm mal ganz schnell hier rüber zu mir – du auch, Carsten. Ich glaube diesen aufgetürmten, wahllos zusammen geschmissenen Bauschrott sollten wir mal richtig unter die Lupe nehmen. Der Haufen ist zwar schon ganz schön mit Unkraut überwuchert, aber trotzdem fangen wir hier mal an«, sagte Philip Jakobson zu den anderen.

Ein gutgelaunter Carsten Vogt sagte darauf: »Ich nehme mir aber trotzdem zunächst einmal die Betonmischmaschine vor, bevor ich vom vielen Bücken nachher nicht mehr aus dem Kreuz komme!«

Nach kurzem Begutachten der Lage wollte er schon aufgeben, denn beim ersten Augenschein hatte er nur erhärtete Betonreste im Betonmischer gesehen. Als er den Betonmischer jedoch genauer unter die Lupe nahm, entdeckte er, dass aus dem Trommeloberteil des Mischers etwas Ungewöhnliches herausragte.

»He, ihr beiden, kommt mal ganz schnell zu mir herüber, ich habe so einen Verdacht!«, rief Carsten aufgeregt.

»Du störst uns, wie du siehst! Lass uns unsere Arbeit machen!«, sagte Philip Jakobson ungehalten.

»Wenn wir uns ständig selber bei der Arbeit stören, dann wird das wahrscheinlich nix mit erfolgreichem Suchen!«, antwortete Oliver Burkhardt ein bisschen lakonisch.

Kollege Carsten Vogt setzte sich letztendlich doch durch. Und am Objekt der Begierde sagte Oliver Burkhardt plötzlich: »Da ragt doch tatsächlich etwas aus dem verhärteten Gemisch hervor. Lasst uns mal versuchen, dieses Stück herauszubrechen!«

Carsten Vogt hatte im Inneren des Hauses auch schon einen Steinmeißel und einen Maurerhammer gefunden und ging sofort ans Werk. Kaum hatte er den Meißel am Mauermörtel angesetzt und ein paar Mal zugeschlagen, da zerfiel auch schon alles in kleine Teile.

»He, haben die Maurer wirklich mit so einer mageren Mörtelmischung die Mauern hochgezogen?«, fragte sich Philip Jakobson verwundert.

»Uns sollte es gerade recht sein«, meinte Oliver Burkhardt, der Gernsheimer Kollege.

»Aber dieses Etwas ist nur eine Spielzeugpistole«, sagte Carsten Vogt enttäuscht zu seinen verwunderten Kollegen.

»Mensch, Carsten, das wäre ja auch wohl zu einfach gewesen«, bemerkte Oliver Burkhardt.

»Gib sie mir mal, diese Spielzeugpistole, wie du sie nennst! Die möchte ich mir etwas näher betrachten, bevor wir hier laut ›Mist‹ schreien«, sagte Philip Jakobson.

Er nahm den Pistolen-Findling in seine Hände, versuchte, ihn vom gröbsten Mörtel zu befreien, und sagte: »Ich habe keinen Zweifel, dass dies eine Spielzeugpistole ist, aber sie sieht einer echten Pistole verblüffend ähnlich. Wieder nichts mit einem Beweisstück!«

Carsten Vogt blieben zunächst die Worte im Halse stecken. Danach sagte er lediglich: »Trotzdem bin ich sehr froh, dass wir uns den Betonmischer vorgenommem haben. Zugegebenermaßen habe ich auch noch nie davon gehört, dass eine Tatwaffe in einem Betonmischer gefunden worden wäre.«

»Die Suche geht trotzdem weiter, meine Herren! Schließlich wollten wir zuerst in dem Gerümpelhaufen mit der Suche beginnen, um Beweise zu finden«, antwortete der Chefermittler der Mordkommission Darmstadt.

Nachdem Oliver Burkhardt das störende Unkraut beseitigt hatte, begann die Suche nach weiterem Beweismaterial.

»Wie wollen wir da bloß zu Potte kommen? Das kann

dauern!«, sagte Carsten Vogt schon nach wenigen Minuten.

»Alle Hohlräume in diesem Gerümpel bitte genauestens in Augenschein nehmen«, ordnete der Chefermittler Philip Jakobson an. »Schließlich können wir uns keine Nachlässigkeit in den Ermittlungen leisten!«

Nach dem Wegräumen der gröbsten Hindernisse, sagte Oliver Burkhardt mit etwas Vorbehalt: »Kommt bitte mal her! Seht mal, da zwischen den Schalbrettern liegt doch etwas, was nicht unbedingt zum Bauschrott gehört. Oder?«

Carsten Vogt, noch sichtlich enttäuscht vom ersten Fund, legte sich jetzt fast auf den Bauch, um dem angepeilten Objekt etwas näherzurücken.

»Oliver, reich mir doch bitte den Stock von da drüben! Und kann einer von euch da vorn die sperrigen Bretter etwas mehr anheben? Mir scheint, da liegt ein Schuh, der da drunten eingeklemmt ist«, sagte Carsten Vogt zu den beiden anderen.

»So,Carsten, jetzt greif aber schnell zu, bevor ich den Krimskrams nicht mehr halten kann«, sagte Philip Jakobson ironisch lächelnd.

Daraufhin sagte Carsten Vogt zu seinen Kollegen: »Schaut mal, ein Schuh! Erstaunlich ist doch jetzt schon, dass dieser Findling die gleiche Schuhgröße aufweist wie der Stiefel, den wir vor kurzer Zeit zum Abgleich des Sohlenprofils an Matthias Fitzek von der Spurensicherung gegeben hatten!«

»Wir sollten diesen Schuh sobald als möglich ans Labor weiterleiten«, sagte Oliver Burkhardt.

Nachdem die Ermittler den Bauschutt mit Erfolg durchwühlt hatten, kam Carsten Vogt auf folgende Idee:

»Wenn der Täter doch im Haus gewesen war, dann muss er mit an Sicherheit grenzender Wahrscheinlichkeit von der Straßenseite hergekommen sein. Und das erklärt auch, warum die feiernden Gäste niemanden haben kommen oder gehen sehen. Wir bräuchten jetzt eigentlich nur noch die Fußabdrücke, die der Täter auf dem Grundstück hinterlassen hat!«

»Also, meine Herren, wir beginnen abermals mit der Suche im Haus. Vielleicht gibt es dort noch Spuren. Es könnte ja sein, dass jemand in einem dieser Räume seinen Schlafplatz für eine oder mehrere Nächte gefunden hat. Diese Räume in halbfertigen Häusern sind für so manchen Obdachlosen ein gefundenes Fressen. Schließlich gibt es genügend Obdachlose, die so einen Platz mit Handkuss annehmen«, war Chefermittler Philip Jakobson überzeugt. Alle drei Ermittler verteilten sich auf die verschiedenen Räume im Haus des Ermordeten, um gewissenhaft nach möglichen Spuren des Täters zu suchen.

Oliver Burkhardt erinnerte sich, dass das Mordopfer im Heizungskeller gefunden worden war. Und so begann er von dort rückführend den möglichen Ablauf, wie es sich zugetragen haben könnte, zu rekonstruieren.

»Auch wenn das Opfer hier unten gefunden worden ist, stellt sich mir doch die Frage, ob die Tat überhaupt hier oder vielleicht in einen anderen Raum verübt wurde«, kombinierte er scharfsinnig.

Als er den Heizungskeller untersuchte, fand er noch einige Blutspuren und dachte sich: »Das Opfer könnte sich auch mit allerletzter Kraft hierher geschleppt haben, um Hilfe zu holen. Denn der Raum hat eine Fensteröffnung nach draußen.«

Er folgte akribisch den noch sichtbaren, höchstwahrscheinlich vom Mordopfer stammenden Blutstropfen, die ihn bis hinauf in das erste Stockwerk führten. Hier traf er auf seine Ermittlerkollegen Vogt und Jakobson.

»Na, wie sieht's aus? Schon was gefunden?«, wollte Philip Jakobson wissen.

»Ja, eine Blutspur, die ich im Heizungskeller fand, führte mich genau bis hierher. Und ich sage euch, hier im ersten Stockwerk muss es zum Mord gekommen sein.«

Oliver Burkhardt überlegte kurz und gab dann Folgendes zu bedenken: »Vorstellen kann ich mir den Ablauf des Geschehens so: Alfred Winkelhuber geht ins Haus, um das Richtfestbäumchen mit einem Lichtstrahler, der oben im Gebälk angebracht ist, zu beleuchten. Als er das erste Stockwerk passiert, steht plötzlich der Täter vor ihm. Der Täter bedroht Winkelhuber mit der Pistole. Winkelhuber wiederum spricht den Eindringling an und fragt ihn, was er hier zu suchen habe und was er von ihm wolle. Daraufhin rückt der Täter mit seiner Waffe näher an Winkelhuber heran. Der Täter ist überzeugt, seinen ehemaligen Chef vor sich zu haben, und bedroht ihn mit vorgehaltener Pistole: ›Kobalski, ich habe hier auf Sie gewartet!‹

Winkelhuber verneint, Kobalski, der Gärtner aus Biblis zu sein. Daraufhin greift ein Wort ins andere und es gibt eine Rangelei. Winkelhuber will dem Täter die Pistole abnehmen, weil Worte nichts bewirken konnten. Der Täter gerät in Panik und schießt auf seinen vermeintlichen Chef.«

»Meine Herren, ich gebe zu, das ist eine schöne theoretische Beschreibung. Sie bringt uns aber nicht einen einzigen Schritt nach vorne«, sagte Chefermittler Philip Jakobson. »Sehr interessant aber finde ich den angenommenen Zusammenhang mit dem Gärtner aus Biblis,«, fügte er weiter hinzu.

»Und wie sieht es bei euch mit den nachweislichen Tatsachen aus?«, fragte Oliver Burkhardt neugierig.

»Wir haben hier im ersten Stock eine Hinterlassenschaft eines möglichen Obdachlosen gefunden. Da drüben, in einer schlecht einsehbaren Nische!«

»Ihr könnt es aber auch spannend machen!«, sagte Oliver Burkhardt.

»Wir wissen natürlich nicht, ob sich auf dem entdeckten Kissen die richtigen genetischen Spuren nachweisen lassen«, meinte Carsten Vogt.

»Moment mal, wir reden augenblicklich von zwei Personen, die sich hier im Hause Winkelhuber aufgehalten haben. Zum einen ist die Rede von einem Täter und zum anderen von einem Obdachlosen!«

»Sehe ich das richtig?«, fragte Oliver Burkhardt nach.

»Gut kombiniert!«, antwortete Chefermittler Philip Jakobson.

»Und wie sieht's mit der Verfolgung von den Täterspuren aus?«, wollte Oliver Burkhardt ergänzend wissen.

»Zu dem im Bauschutt gefundenen Schuh fehlt uns noch die betreffende Person. Aber das zu klären ist Aufgabe unseres Freundes Matthias Fitzek aus dem Labor in Darmstadt«, antwortete Carsten Vogt.

»Ich meine eigentlich Fußabdrücke, die der Täter vom Haus bis möglicherweise zur Straße hinterlassen haben könnte«, korrigierte Oliver Burkhardt seinen Kollegen.

»Meine Herren, wir brauchen jetzt nur noch den genetischen ›Fingerabdruck‹ – sprich, eine DNA-Analyse. Schweißspuren oder Hautpartikel auf dem Kissen können uns mit hoher Wahrscheinlichkeit zu der obdachlosen Person führen, wenn diese bei uns gespeichert ist. Und der Schuh aus dem Gerümpelhaufen wird uns zu der anderen Person Hinweise geben können. Der heutige Tag war für uns ein guter Tag! Nichts wie ab ins kriminaltechnische Labor nach Darmstadt mit den möglichen Beweismitteln!«, befahl Philip Jakobson mit Genugtuung.

Im Neubaugebiet ›Hoher Sandhügel‹ standen die Neusiedler und die schon länger dort ansässigen Anwohner immer noch wie unter Schock. Der Gedanke, dass der oder die Täter immer noch nicht aufgespürt worden waren, beunruhigte die Menschen in der Umgebung immer wieder aufs Neue.

Xaver Brandscheit war mit seiner Frau Anna auf dem Heimweg vom Supermarkteinkauf. Er fuhr die erste Linksabbiegerspur ab, als ihnen der Nachbar Jonas Meisel mit seinem roten Sportwagen entgegenkam.

Als beide Fahrzeuge nebeneinander auf gleicher Höhe standen, waren die Fahrertürfenster beider Autos bereits unten und Nachbar Meisel sagte: »Schon traurig, was diesen Richtfestmord angeht! Und alldieweil der oder die Täter immer noch nicht gefasst sind! Die Kriminalpolizei war ja neulich auf dem Grundstück offenbar auf Spurensuche, wie ich zufällig von meiner Terrasse aus mitverfolgen konnte!«

»Dann wollen wir mal hoffen, dass die Ermittler dieses Mal Erfolg hatten«, sagte Brandscheit.

»Tschüs, bis bald!«, verabschiedete sich Jonas Meisel von seinen Nachbarn.

Kapitel 7: Beweisführung

Den Kriminologen im kriminaltechnischen Labor in Darmstadt war es endlich gelungen, genetische Fingerabdrücke zu erstellen.

Für die Gernsheimer Kriminalbeamten stellte sich jetzt die Aufgabe, anhand der DNA-Spuren den oder die Täter aufzuspüren.

Zwei Tage später wurde Andreas Stubinski aus Biblis zur Gernsheimer Polizeiwache einbestellt.

Der Verdacht hatte sich erhärtet, dass er bei den ersten Befragungen nicht die Wahrheit gesagt hatte. Die Darmstädter Kriminalbeamten Carsten Vogt und Philip Jakobson waren nach Gernsheim gekommen, um Kommissar Thomas Ditschureit nach Kräften beim Verhört zu unterstützen.

»Herr Andreas Stubinski, Sie wissen, warum Sie heute hier auf die Polizeiwache in Gernsheim vorgeladen worden sind?«, fragte Chefermittler Philip Jakobson.

»Nein. Ich dachte, ich hätte schon alle Fragen beantwortet!«

»Genau das haben Sie nicht, Herr Stubinski! Sie hatten uns erzählt, dass Sie zur Tatzeit in Ihrer Wohnung waren und geschlafen haben. Hier, diese Schuhe können Sie wieder mitnehmen, aber erst, wenn Sie uns über diesen Richtfestmord alles, aber auch alles gesagt haben!«

»Uns ist bei Ihrer ersten Befragung aufgefallen, dass Sie die Person auf dem gezeigten Foto nicht richtig zuordnen konnten. Sie schwiegen und zuckten die Achseln. ›Die

Person auf dem Foto könnte auch mein Chef sein‹, räumten Sie danach zögerlich ein. Sie haben dieses Foto heute wieder vor sich. Ist es Ihr Chef? Ja oder nein?«, fragte Philip Jakobson im scharfen Tonfall.

»Ja. Das könnte mein Chef Kobalski aus Biblis sein!«

»Herr Stubinski, die Person auf dem Foto ist Alfred Winkelhuber, das Mordopfer aus Stockstadt, und nicht Ihr Chef Kobalski aus Biblis! Geben Sie endlich zu, dass Sie am 8. August 1993 im Hause Winkelhuber auf Ihren früheren Chef Kobalski gewartet haben! Was wollten Sie von Herrn Kobalski, Ihrem ehemaligen Chef?«

»Ich wollte ihn nur zur Rede stellen und von ihm wissen, wann ich endlich meinen noch ausstehenden Lohn bekomme!«

»Und dazu brauchten Sie eine Pistole?«

»Ja, sonst hätte er mich nicht ernst genommen. Aber ich wollte ihn nur einschüchtern und nicht umbringen!«

»Wie kamen Sie in den Besitz dieser Pistole?«

»Die Pistole hatte mir ein Freund geschenkt.«

»Könnte es sein, dass Sie diese Pistole bei einer Treibjagd gefunden haben?«

»Ich sagte doch, die Pistole habe ich von einem Freund bekommen!«

»Dieser Freund, wie Sie ihn nennen, heißt der zufälligerweise Alois Rupinius?«

»Ja. Alois habe ich in der Gärtnerei Kobalski kennengelernt.«

»Und wie konnte ihr Freund Alois Rupinius in den Besitz dieser Pistole kommen?«

»Da müssten Sie ihn schon selber fragen! Das weiß ich nicht.«

»Ja, können Sie uns dann wenigstens verraten, wo Ihr Freund Alois Rupinius anzutreffen ist?«

»Nein. Ich kann Ihnen nicht sagen, wo er sich zur Zeit aufhält!«

»Aber dass er keinen festen Wohnsitz hat, das wissen Sie doch?«

»Ja. Alois zieht es vor, völlig unabhängig zu leben. Er ist mal hier, mal dort! Als ich Alois in der Groß-Gärtnerei Kobalski kennengelernt habe, wohnte er noch in Stockstadt am Rhein. Die aktuelle Anschrift von Alois Rupinius kann ich Ihnen leider nicht sagen.«

»Als sich Ihnen im Hause Winkelhuber eine Person genähert hat, wussten Sie in diesem Augenblick, wer vor Ihnen stand?«

»Ich war mir ganz sicher, meinen früheren Chef Kobalski vor mir zu haben. Ich hatte keinen Zweifel! Mit zitterigen Händen hielt ich die Pistole. Dann drückte ich ab. Ich bekam Panik und floh Hals über Kopf. Die Pistole muss ich dann irgendwo verloren haben.«

»Wann haben Sie Ihren Freund Alois zum letzten Mal gesehen?«

»Das ist schon eine ganze Weile her. Eines Tages lag ein Zettel in meinem Briefkasten, darauf stand: ›Bin von zu Hause weg! Bin unter der Rheinbrückenruine zu Gernsheim anzutreffen. Bitte komm so schnell, wie du kannst. Ich brauche dringend deine Hilfe!‹«

»Herr Stubinski, Sie sind vorläufig festgenommen! Sie stehen unter dringendem Tatverdacht, Alfred Winkelhuber ermordet zu haben!« Kommissar Thomas Ditschureit hatte die Befragung seiner Kollegen verfolgt, bis er dann überzeugt sagte: »Führt ihn ab!«

»Ja, wir werden uns jetzt besonders um diesen jungen Mann, Alois Rupinius, kümmern müssen«, sagte Philip Jakobson zu seinen Kollegen Carsten Vogt und Oliver Burkhardt mit Nachdruck.

»Ich glaube, wenn ich Polizeikommissar wäre, dann hätte ich bestimmt schon mal ein Donnerwetter aufziehen lassen. Denn dieser Richtfestmord ist uns allen ganz schön an die Nerven gegangen«, erwiderte Oliver Burkhardt.

Kommissar Ditschureit war hocherfreut, endlich mit einem nachweislichen Ergebnis aufwarten zu können. »Wenngleich es nur ein kleiner Lichtblick ist«, sprach er leise vor sich hin. Er hatte die Herren der Mordkommission erneut zu sich gebeten, um die weitere Vorgehensweise im Mordfall Winkelhuber mit ihnen zu besprechen.

»Meine Herren, ich freue mich außerordentlich über Ihre bisherige Ermittlungsarbeit! Denn wie Sie sich denken können, wird es allmählich Zeit, den ungewöhnlichen Richtfestmord in Stockstadt völlig aufzuklären. Was schlagen Sie vor, meine Herren? Wie wollen oder müssen wir jetzt weiter verfahren?«, fragte Kommissar Ditschureit.

»Wie Sie bereits wissen, werden wir uns um diesen jungen Mann kümmern müssen, der auf den Namen Alois Rupinius hört und etwa achtundzwanzig Jahre alt sein soll. Dieser junge Mann könnte uns noch eine ganze Weile beschäftigen«, sagte Philip Jakobson.

»Können Sie das bitte etwas präzisieren, Herr Jakobson!«, bat Kommissar Ditschureit.

»Nun, wir wissen inzwischen, dass Alois Rupinius mit Andreas Stubinski früher in Biblis in der Groß-Gärtnerei Kobalski als Saisonhelfer beschäftigt war«, erklärte Philip Jakobson. »Und dass die beiden Freunde gewesen sein sollen. Sobald wir Rupinius ausfindig gemacht haben, setzen wir alles daran, noch offene Fragen zu klären. Zum Beispiel: Wie konnte es überhaupt zum Richtfestmord in Stockstadt kommen? Ein überzeugendes Mordmotiv gibt es eigentlich noch nicht. Ich kann mir absolut nicht vorstellen, dass jemand eine Pistole zückt, nur weil sein Lohn noch nicht auf sein Konto überwiesen worden ist.«

»Meine Herren, für den Fall, dass Sie in die Situation kommen, den gesuchten Alois Rupinius mitnehmen zu dürfen, habe ich bereits ein entsprechendes Papier vorbereitet. Übrigens, bevor Sie sich auf den jungen Mann stürzen, suchen Sie zuerst noch einmal nach der Tatwaffe, die Stubinski auf der Flucht angeblich verloren haben will. Und nun, nichts wie ran an die Arbeit! Und viel Erfolg!«, sagte Kommissar Ditschureit.

Endlich konnte die Öffentlichkeit von einem ersten Fortschritt im Falle des zurückliegenden Richtfestmordes in der Tageszeitung ›Ried Echo‹ lesen:

Bericht von Hugo van Hagen

Richtfestmord in Stockstadt – endlich Tatverdächtiger inhaftiert. Kommissar Thomas Ditschureit von der Gernsheimer Polizeistation konnte damit den ersten Erfolg verbuchen. Das Motiv zur Tat ist auch weiterhin noch nicht geklärt. Ein Freund des Tatverdächtigen wird noch mit Hochdruck gesucht.

Weil der gesuchte Alois Rupinius zuletzt in Stockstadt gewohnt haben sollte, lag es nahe, sich im Ort der knapp

Sechstausend-Seelen-Gemeinschaft, nach ihm zu erkundigen.

Oliver Burkhardt von der Gernsheimer Polizei war beauftragt, herauszufinden, ob der Name Rupinius in Stockstadt beim Einwohnermeldeamt registriert war.

Er rief also im Einwohnermeldeamt Stockstadt an.

»Hier Einwohnermeldeamt Stockstadt – Nicole Lorenz am Apparat! Womit kann ich Ihnen dienen?«

»Hallo, mein Name ist Oliver Burkhardt von der Gernsheimer Polizei. Ich ermittle im Mordfall Alfred Winkelhuber. Steht der Name Alois Rupinius in Ihrem Melderegister?«

»Einen kleinen Moment bitte, ich schaue nach«, sagte Frau Nicole Lorenz hilfsbereit.

»Hallo, Herr Burkhardt, hören Sie mich? Der Name Alois Rupinius ist hier nicht registriert! Unter diesem Nachnamen führen wir jedoch einen gewissen Herfried im Register. Ist Ihnen damit gedient?«, fragte Frau Lorenz.

»Frau Lorenz, ich vermute, Sie haben mir schon sehr geholfen! Vielen Dank! Aber halt, hallo, sind Sie noch dran? Ich hätte gerne noch gewusst, wo dieser Herr Herfried Rupinius zu finden ist.«

»Einen Augenblick bitte! Hören Sie, Herr Burkhardt? Herr Herfried Rupinius ist gemeldet in der Königsbergerstraße.«

»Vielen herzlichen Dank, Frau Lorenz!«

Einen Tag später, gegen 11 Uhr vormittags, stand Oliver Burkhardt unangemeldet bei Herrn Herfried Rupinius vor der Haustür. Er klingelte mehrmals, aber es rührte sich nichts. Er hatte sich bereits schon drei Schritte von der

Tür abgewendet, als sich die Tür doch einen Spaltbreit öffnete.

Durch den Türspalt schaute eine ältere Dame heraus und fragte: »Wer sind Sie? Und was wollen Sie?«

»Sind Sie Frau Rupinius?«

»Ja. Aber um was geht es denn?

»Ist Ihr Mann Herfried zu Hause? Mein Name ist Oliver Burkhardt von der Gernsheimer Polizei. Ich ermittle in einer noch ungeklärten Mordsache, die sich hier in Stockstadt zugetragen hat«, sagte er mit ruhiger Stimme.

»Was hat mein Mann mit einem Mord zu tun?«, fragte sie erschrocken.

»Wahrscheinlich hat Ihr Mann nichts mit dem Mord zu tun, aber wir müssen in alle Richtungen Fragen stellen, die uns letztendlich weiterhelfen können! Kann ich jetzt Ihren Mann sprechen? Es ist sehr wichtig!«

Frau Rupinius ging ins Haus zurück und rief ihren Mann: »Herfried, kommst du mal bitte an die Haustür! Da will dich jemand dringend sprechen!«

Es dauerte eine ganze Weile, bis Herr Rupinius an die Tür kam. Als Herr Burkhardt ihn endlich in Augenschein nehmen konnte, stellte er fest, dass Herr Rupinius ein verkürztes Bein hatte, welches ihm beim Gehen sichtbar Beschwerden bereitete.

Ohne einen Gruß, erstaunt wie überrascht, fragte Herr Rupinius kurz und bündig: »Was wollen Sie von mir?«

»Mein Name ist Oliver Burkhardt. Ich komme von der Gernsheimer Polizei. Ich möchte Ihnen nur ein paar Routinefragen stellen! Also, es gibt keinen Grund zur Aufregung! – Kennen Sie einen jungen Mann, der ebenfalls Ihren Nachnamen trägt?«

»Mein Gott, das könnte unser Sohn sein. Von ihm haben wir schon längere Zeit nichts mehr gehört! Ist denn etwas Schlimmes passiert? Und wo ist unser Sohn jetzt?«

»Herr Rupinius, das wollte ich eigentlich von Ihnen in Erfahrung bringen, denn wir müssten ihren Sohn ebenfalls dringend befragen«, sagte Oliver Burkhardt. »Wir von der Polizei wissen nur, dass Ihr Sohn vor Jahren in der Groß-Gärtnerei Kobalski in Biblis als Saisonhelfer gearbeitet haben soll! Ihr Sohn Alois war doch früher in Stockstadt beim Einwohnermeldeamt registriert, oder?«

»Ja. Das stimmt!

»Und wo wohnte er dann früher?«

»Hier bei uns im Haus, bis er uns verließ!

»Was ist Ihr Sohn Alois für ein Mensch? Würden Sie ihn bitte etwas näher beschreiben«, forderte Oliver Burkhardt Herrn Rupinius auf.

Nun, unser Sohn wollte endlich auf eigenen Füßen stehen, wie er uns ständig wissen ließ. Wir konnten ihn doch nicht anbinden! Er sprach des Öfteren davon, endlich frei sein zu wollen. Also mussten wir ihn ziehen lassen!«

»Hatte Ihr Sohn Alois damals Freunde, bei denen er Unterkunft finden konnte? Was waren das für Freunde? Kannten Sie seine Freunde?«

»Ich glaube eher, dass mein Sohn die falschen Freunde gehabt hat!«, antwortete Herfried Rupinius.

»Könnte es sein, dass Alois etwas mit Drogen zu tun hat?«

»Das weiß ich natürlich nicht, aber er war schon immer leicht beeinflussbar. Das stimmt!«

»Sie meinen, er ist psychisch eher labil als stark gewesen?«

»Genau. So würde ich es auch formulieren«, sagte

Herfried Rupinius verlegen. »Was sagten Sie, Herr Burkhardt? Mein Sohn hat in Biblis als Gärtner in der Gärtnerei Kobalski gearbeitet?«, fragte Herfried Rupinius nach.

»Herr Rupinius, bitte unternehmen Sie nichts! Das ist alleine unsere Sache. Allerdings bräuchte ich noch ein Foto von Ihrem Sohn Alois. Haben Sie zufälligerweise eines greifbar? Das wäre mir sehr hilfreich«, sagte Oliver Burkhardt.

»Einen kleinen Moment bitte, Herr Burkhardt! Wenn mein Gedächtnis mich augenblicklich nicht im Stich lässt, dann müsste ich noch ein Foto von meinem Sohn in meiner Brieftasche haben. Sehen Sie, so sieht er aus! Hier, nehmen Sie dieses Foto und bringen Sie mir meinen Alois wohlbehalten zu mir, zu uns nach Hause!«

»Herr Rupinius, das war's dann auch schon! Ich wünsche Ihnen alles Gute! Auf Wiedersehen!«

Nachdem Oliver Burkhardt sich verabschiedet hatte, fragte Hertha Rupinius ihren Man: »Was wollte der Polizist eigentlich von uns?«,

»Herr Burkhardt wollte nur wissen, ob und wann Alois bei uns gewohnt hat. Dann wollte er noch wissen, wo er sich augenblicklich aufhalten könnte!«

»Wo unser Sohn ist, das wüsstest du auch gerne, hätte ich zu ihm gesagt.«

»Hertha, Herr Burkhardt will uns doch nur helfen, Alois zu finden! Das willst du doch auch!«

»Dann ist ja gut!«, gab sich Frau Rupinius zufrieden.

Die Nachricht, dass sein Sohn Alois in Biblis in einer Gärtnerei gearbeitet haben sollte, ließ den Vater Herfried nicht mehr los.

Schon bald fuhr er mit seinem Auto nach Biblis, um sich bei Martin Kobalski Erkundigungen über seinen Sohn einzuholen.

Vor der Gärtnerei angekommen, schritt er zur Haustür und klopfte mit dem goldenen Klopfbügel dreimal hintereinander an die massive Tür. Er wartete eine Weile. Aber es schien fasst so, als ob wohl niemand zu Hause war. Dachte sich's und war im Begriff wieder zu gehen. Plötzlich stand ein kräftiger Herr im Türrahmen ihm gegenüber. »Ja, bitte! Wollten Sie zu mir? Oder haben Sie sich nur in der Hausnummer geirrt?«, fragte dieser etwas schroffe Herr.

»Entschuldigen Sie bitte! Sind Sie Herr Martin Kobalski?«, fragte Herfried Rupinius sein Gegenüber.

»Ja. Ich bin Martin Kobalski! Wollten Sie wirklich zu mir?«

»Ja. Ich wollte wirklich zu Ihnen. Ich habe nur ein paar Fragen an Sie!«

»Sie sind aber nicht von der Polizei?«, fragte Martin Kobalski.

»Nein, nein! Ich bin nicht von der Polizei! Ich komme in einer Familienangelegenheit zu Ihnen. Mein Name ist Herfried Rupinius. Ich komme aus Stockstadt am Rhein. Ich habe meinen Sohn Alois längere Zeit nicht mehr gesehen. Ich habe aber erfahren, dass Alois bei Ihnen in der Gärtnerei beschäftigt gewesen sein soll. Stimmt das?«

»Ja, das stimmt. Es liegt aber schon ein bisschen länger zurück!«

»Wie haben Sie meinen Sohn Alois so erlebt? War er fleißig? Oder ist er Ihnen gegenüber auffällig gewesen? Ich meine, hat er etwas mit Drogen zu tun gehabt?«

»Dazu kann ich Ihnen nichts sagen.«

»Hat er sich mit seinen Kollegen gut verstanden?«

»Ja. Mit einem Kollegen namens Andreas Stubinski war er quasi befreundet. Ich konnte mich selber vergewissern.«

»Ich würde mich gerne mal mit diesem Freund in Verbindung setzen wollen. Wo könnte ich ihn finden?«

»Der Andreas Stubinski wohnt hier in Biblis. Ich schreibe Ihnen seine Adresse auf.«

»Herr Kobalski, haben Sie vielen Dank! Und nichts für ungut. Jetzt muss ich aber gehen«, sagte Herfried Rupinius sichtlich erleichtert.

Herfried Rupinius sagte sich augenblicklich: »Jetzt, wo ich schon mal in Biblis bin, schaue ich doch gleich bei Andreas Stubinski vorbei. Ob dieser Herr wohl zu Hause anzutreffen sein wird?«, fragte er sich.

Kurze Zeit später stand Herfried Rupinius an der Wohnungstür des besagten Herrn Stubinski. Er hatte bereits den richtigen Klingelknopf gedrückt und wartete sehr gespannt, mit wem sein Sohn so befreundet war.

Trotz mehrmaligem Klingeln blieb die Wohnungstür verschlossen. Niemand öffnete.

Nach einer Weile, es mochten schon mehr als fünf Minuten vergangen sein, öffnete eine Nachbarin ihre Wohnungstür und fragte: »Wollten Sie zu Herrn Stubinski?«

»Ja, aber es macht niemand auf.«

»Herr Stubinski ist schon seit mehreren Tagen nicht mehr gesehen worden. Die Leute hier munkeln, Herr Stubinski sei verhaftet worden.«

»Verhaftet? Mein Gott, das ist ja schlimm! Jetzt weiß ich natürlich nicht, was ich dazu noch sagen soll.«

Schließlich sagte die Türnachbarin: »Ich glaube, Sie warten hier vergebens auf Herrn Stubinski!«

»Das sehe ich jetzt auch so, Frau ...«

»Simon ist mein Name, Ursula Simon.«

»Dann bleibt mir nur noch, danke zu sagen, Frau Simon. Auf Wiedersehen!«

Es war nun an der Zeit, dass die Ermittler Philip Jakobson und Carsten Vogt nach dem Untersuchungsergebnis der möglichen Tatwaffe, die man aus dem kleinen Flüsschen Modau gefischt hatte, bei den Kollegen in Darmstadt nachfragen sollten.

»Hallo, Kollege Fitzek, wie stehen heute die Chancen auf ein positives Ergebnis im Mordfall Alfred Winkelhuber?«, fragte Philip Jakobson entspannt.

»Gut, dass ihr vorbeischaut, denn ich war nahe dran, euch anzurufen! Kommen wir zur Sache«, sagte Matthias Fitzek. »Bei der Pistole, die ihr mir gebracht habt, handelt es sich um eine bei Jägern sehr beliebte und gern benutzte Pistole mit der Bezeichnung CZ75 Luger.«

»Das ist ja ein tolles Ergebnis. Vielen Dank einstweilen!«, sagte Chefermittler Jakobson. »Fast hätt' ich's vergessen, Matthias. Der Schuh und das Kissen, die wir dir zuletzt gebracht haben. Was ist daraus geworden?«

»Gut, dass du mich noch mal daran erinnerst. Ja, aber ich habe euch doch den Abgleich von Schuh und Kissen gemacht. Nur, wer den Schuh getragen und das Kissen benutzt hatte, das müsst ihr schon selber herausfinden!«

»Stimmt, Matthias!«

»Du würdest also damit sagen wollen, dass die Puzzleteile am Ende alle zusammenpassen?«, wollte Philip Jakobson wissen.

»Genau, das wollte ich damit gesagt haben«, antwortete Matthias Fitzek.

»Ja, dann könnten wir uns also schon mal auf die Schulter klopfen, würden wir nicht noch vor einer großen Herausforderung stehen, nämlich den Benutzer des Kissens zu finden. Das Gleiche gilt für den Träger des Schuhs«, sagte Chefermittler Jakobson hocherfreut.

»Wir werden jetzt erst einmal unserem Kommissar Ditschureit den neuesten Bericht auf den Schreibtisch legen, damit er auf dem aktuellen Stand der Dinge ist«, sagte Philip Jakobson sehr zufrieden.

Martin Kobalski stand kurz vor seinem 60. Geburtstag. Er hatte sich vorgenommen, diesen runden Geburtstag angemessen mit vielen Freunden und Bekannten nach Herzenslust zu feiern.

Kurz vor Weihnachten, es war an einem Mittwoch so gegen Abend, da sagte Martin Kobalski zu seiner Frau Maria: »Schatz, ich stelle es mir wunderschön vor, wenn der Bibliser Gesangverein an meinem runden Geburtstag den musikalischen Rahmen bilden könnte. Was hältst du von meinem Vorschlag, Maria?«

»Die Idee ist wunderbar, zumal du den Chorgesang über alles liebst. Aber ob der Gesangverein noch Termine frei hat, da habe ich so meine Bedenken!«

»Ach, weißt du, mein Schatz, ich rufe gleich mal bei Hanna Wagner an, dann erfahre ich auch gleich, ob ich eine Zusage bekomme.«

Martin Kobalski ging zum Telefon, nahm den Hörer mit der linken Hand ab und wählte mit dem rechten Zeigefinger Hannas Rufnummer. Gespannt wartete er. Er ließ das Telefon lange klingeln und dachte bereits, er hätte eine falsche Nummer gewählt, weil niemand abhob. Endlich ging doch jemand am anderen Ende dran. »Hanna bist du's? Hier ist Martin Kobalski. Du hast das Telefon aber lange klingeln lassen. Wo hast du denn gesteckt?«

»Ich komme aus dem Keller und da unten habe ich das Telefon nicht gehört.«

»Schön, dass ich dich trotzdem erreicht habe. Ich möchte, dass du und der gesamte Gesangverein an meinem runden Geburtstag den musikalischen Rahmen bilden. Geht das in Ordnung? Oder habt ihr keinen Termin mehr frei?«

»Du, Martin, man merkt ganz einfach, dass wir uns lange nicht mehr gesehen haben. Seitdem du nicht mehr bei uns im Gesangverein dabei bist, hat sich vieles verändert.«

»Jetzt foltere mich bloß nicht. Ich dachte, es wäre wie in all den Jahren zuvor! Sag bloß, euch gibt's nicht mehr? Das wäre schlecht für mich. Mehr noch als schlecht. Das wäre eine Katastrophe. Und enttäuscht wäre ich allemal!«

Hanna Wagner tröstete ihren ehemaligen Freund Martin mit den Worten: »Ich und die Margot sind ja auch noch da! Wir beide könnten dir im Duett vielleicht ein Ständchen bringen. Wenn's dir recht wäre?! Aber Spaß beiseite, lieber Martin. Margot und ich, wir haben uns einer anderen Musik- und Gesangsgruppe angeschlossen. Und zwar singen wir jetzt bei den ›Biebesheim/Dornheimer Lerchen‹. Ich werde unseren neuen Gesangs- und

Musikleiter, Heribert von Klingenberg, fragen, ob er noch einen Termin für dich frei hätte. Wann genau hast du Geburtstag? Und wann soll deine Party losgehen?«

»Du, Hanna, ich habe zwar am 26. Dezember Geburtstag, aber feiern wollte ich erst am 28., weil zu viele meiner Gäste sonst nicht dabei sein könnten! Du weißt ja selber, Scheißterminkalender. Entschuldige bitte diesen Ausdruck, aber du hast kaum noch eine freie Zeile im Kalender. Stimmt das etwa nicht, Hanna?«

»Martin, ich gebe mir alle Mühe. Gib mir bitte deine Telefonnummer! Okay, ich habe notiert. Und ich rufe dich sobald als möglich zurück. Tschau!«

Hertha Rupinius ging eines Mittags ins Wohnzimmer, um nach ihrem Mann Herfried zu schauen. Gewöhnlich machte ihr Mann um die Mittagszeit ein Nickerchen. Aber sie erlebte ihren Mann still, fast reglos und nachdenklich, im Sessel sitzen. Da sagte sie zu ihm: »Geht es dir heute nicht gut? Du hast dich ja gar nicht zum Schlafen hingelegt! Fehlt dir etwas? Was ist denn passiert?«

»Du, Hertha, morgen früh muss ich ganz dringend nach Gernsheim fahren, um wichtige Dinge zu erledigen«, antwortete ihr Mann bestimmt. »Stell mir heute bitte keine Fragen mehr, denn ich wüsste nicht, ob ich sie dir beantworten könnte!«

»Ist es denn so schlimm?«, wollte Hertha wissen. »Na gut, ich lasse dich jetzt in Ruhe!«

Sein verlorener Sohn Alois ging ihm nicht mehr aus dem Sinn. Und so schossen seine Gedanken wie wirr durch seinen Kopf: »Mein Sohn Alois, ein Drogenabhängiger? Oder gar ohne Dach über dem Kopf. Heimatlos? Was ist bloß aus unserem Bub geworden? Alois war immer schon ein schwieriges Kind, aber das kann mich heute wenig trösten! Mein Gott, warum musste es überhaupt so weit kommen? Und welch eine Schande für meine Familie und die ganze Verwandtschaft«, sagte er sich.

Herfried Rupinius wandte sich an Oliver Burkhardt vom Polizeirevier zu Gernsheim, um zu erfahren, ob er seinen Sohn inzwischen ausfindig machen konnte.

»Herr Rupinius, wir geben uns alle Mühe – schon im eigenen Interesse –, Ihren Sohn Alois sobald als möglich aufzufinden! Ich kann Sie als Vater sehr gut verstehen, weil Sie sich natürlich Sorgen machen. Aber glauben Sie mir, es braucht noch etwas Zeit. Gehen Sie wieder nach Hause, Herr Rupinius. Wir informieren Sie, sobald wir mehr erfahren haben!«

»Na gut. Dann werde ich wieder nach Hause gehen und sage schon jetzt vielen Dank für Ihre Mühe. Bei der weiteren Suche nach meinem Sohn wünsche ich Ihnen viel Glück«, sagte Vater Rupinius zu Oliver Burkhardt.

Bei Herrn von Klingenberg schrillte das Telefon. »Heribert von Klingenberg am Apparat!«

»Hanna hier! Du, Heribert, ich habe hier in Biblis einen guten Freund. Der möchte seinen runden Geburtstag, es wäre der sechzigste, feiern. Er hat mich gefragt, ob ich mit meinem Bibliser Gesangverein zu ihm kommen könnte. Was er nicht wusste, ist, dass wir, das heißt Margot und ich, zu euch hinübergewechselt sind. Deswegen meine

Frage an dich, lieber Heribert. Hast du noch einen Termin frei für den 28. Dezember? Es wäre schön, deine ›Biebesheim/Dornheimer Lerchen‹ hier in Biblis präsentieren zu können.«

»Liebe Hanna, um wie viel Uhr sollen wir bei deinem Freund zugegen sein?«

»So viel ich erfahren habe, solltest du mit deinen ›Lerchen‹ um 14 Uhr hier im Gasthof ›Zur Waldeule‹, erscheinen. Und um 14.30 Uhr geht's dann los!«

»Hanna, du hast unwahrscheinliches Glück. Bevor du mich angerufen hast, hat mein Freund Helmut Winkler seinen Termin wegen Krankheit absagen müssen«

»Heribert, wie sagt doch der Volksmund so schön: ›Was dem einen seine Eule, ist dem anderen seine Nachtigall!‹ Danke dir, lieber Heribert, dass du terminlich noch einspringen konntest. Ich werde auch gleich bei Martin anrufen!«

Kurz darauf klingelte bei Martin Kobalski das Telefon.

»Ja, Martin Kobalski hier. Ach du bist es, Hanna. Das ist aber schön, dass du anrufst, dann gehe ich davon aus, dass du für meinen Geburtstag noch einen Termin bekommen hast?!«

»Ja, ich habe einen Termin bei unserem Musik- und Gesangsleiter Heribert von Klingenberg bekommen. ›Dem einen sein Pech, dem anderen sein Glück‹. Ich will damit sagen, wegen Krankheit musste einer seiner Freunde einen geplanten Termin kurzfristig absagen. Im Übrigen, die Gruppe unseres neuen Vereins, nennt sich ›Biebesheim/Dornheimer Lerchen‹. Wir sind zur Zeit dreizehn Personen. Zwei von ihnen spielen die Steirische Harmonika; eine dreht die große Drehorgel; eine andere Person spielt die Teufelsgeige, auch Bumpass genannt!«

»Das klingt vielversprechend. Ich freue mich schon sehr auf euren Auftritt am 28. Dezember im Gasthof ›Zur Waldeule‹ in Biblis. Ich wusste doch, dass du ein Schatz bist! Tschau, Hanna!«

Kommissar Thomas Ditschureit von der Gernsheimer Polizeistation hatte in der Zwischenzeit die Polizeibeamten Oliver Burkhardt und Markus Schön beauftragt, den gesuchten Alois Rupinius so bald als möglich ausfindig zu machen. Die Zeit drängte, um weitere Fragen klären zu können, die möglicherweise im Zusammenhang mit dem Mord an Alfred Winkelhuber stehen könnten.

Oliver Burkhardt sagte zu seinem Kollegen Markus Schön: »Ich schlage vor, dass wir uns zunächst trotzdem die externen Schlafmöglichkeiten eines Obdachlosen anschauen. Alois Rupinius soll ja schon unter der Gernsheimer Brückenruine gesichtet worden sein, desgleichen unter dem Aalschokker ›Hannelore‹ in der Hafenspitze. Wegen des zu Ende gehenden Herbstes werden wir Alois Rupinius vermutlich nicht mehr draußen antreffen. Unsere Aufgabe ist es dennoch, nützliche Spuren ausfindig zu machen.«

Mit dem nötigen Esprit gingen Markus Schön und Kollege Oliver Burkhardt gemeinsam den neuen Auftrag an, um am Ende sagen zu können: »Gute Aufklärungsarbeit geleistet!«

Markus Schön und Oliver Burkhardt waren in Zivilkleidung unterwegs, um so unauffällig wie möglich agieren zu können.

An der berühmt-berüchtigten Gernsheimer Brückenruine angekommen, nahmen beide zunächst die Brückenpfeiler ins Visier. Hier sollte Alois Rupinius angeblich genächtigt haben.

Schon am dritten Brückenpfeiler, vom Rheinufer aus gesehen, sagte Markus Schön zu seinem Kollegen Oliver: »Tatsächlich, hier hatte vermutlich jemand sein Nachtquartier aufgeschlagen. Da liegen ja noch Reste eines gefütterten Schlafsackes herum.«

»Hast du einen Plastikbeutel bei dir, Oliver? Die Reste nehmen wir auf jeden Fall mal mit fürs Labor! Aber bevor wir die Sachen berühren, müssen wir unbedingt die Schutzhandschuhe anziehen«, sagte Oliver, »damit eventuelle Spuren nicht zerstört werden.«

»Hoffentlich reicht ein Beutel für unsere Beweisstücke?«, frotzelte Markus Schön.

»Du, Markus, das ist nicht zum Lachen. Wir nehmen auch die Zigarettenkippen mit, aus denen können vielleicht noch Speichelproben gewonnen werden, die Spuren von Drogen aufweisen.«

»Oliver, du bist wirklich gut!«, war Markus Schön überrascht. Das hatte er nicht erwartet. »Müssen wir jetzt alle Flächen neben den sechs Brückenpfeilern, absuchen?«, fragte er seinen Kollegen.

»Die ersten beiden und den fünften Brückenpfeiler, von der Rheinuferseite aus gesehen, die können wir uns schenken. Du glaubst doch selber nicht, dass sich da jemand zum Schlafen hinlegt. Das ist viel zu gut einsehbar. Wir nehmen zunächst Brückenpfeiler vier unter die Lupe. Dieser vierte Pfeiler hier ist besonders gut geschützt durch allerlei Gebüsch. Man hat fast keine Einsicht von außen, selbst wenn hier jemand liegen würde, könnte man ihn nicht entdecken.«

»Oliver, wie soll dieser Typ, der hier seine Spuren hinterlassen haben soll, aussehen? Hast du ein Bild von ihm?«

»Oh, Markus, das Foto wollte ich dir noch zeigen, bevor wir uns zur Spurensuche aufmachten. Sorry! Vergessen! Aber jetzt zeig ich dir das Foto von Alois Rupinius, das mir sein Vater, als ich ihn besucht habe, gegeben hat. Dieses Foto ist sehr wichtig für uns, um Alois Rupinius zu identifzieren.«

»Nicht schlecht! Sieht auf dem Foto eigentlich recht ordentlich aus. Wie alt soll der junge Mann jetzt sein?«, wollte Markus erstaunt wissen.

»Meines Wissens ist Alois achtundzwanzig Jahre jung.«

»Und wir suchen diesen feinen, gut aussehenden jungen Mann jetzt als Obdachlosen?«, wollte Markus nicht so recht glauben.

»Ja, möglicherweise soll er auch drogenabhängig sein. Aber so genau weiß das noch niemand«, erwiderte Oliver Burkhardt. »Das ist genau der Grund all unserer Bemühungen. Wir müssen Alois Rupinius bald, schon sehr bald, ausfindig machen. Alle noch offenen Fragen, die im Zusammenhang mit dem Richtfestmord stehen, bedürfen einer Antwort«, ergänzte Oliver.

Nachdem auch Brückenpfeiler vier flächenmäßig abgesucht worden war, wuchs die Neugierde bei Markus, als er plötzlich sagte: »Mal schauen, was wir alles so zusammengetragen haben: Papiertaschentücher, Getränkedosen und -flaschen, Essensreste wie Apfel- und Orangenschalen, Hähnchenknochen, Zigarettenpapier, Plastik- und Alufolienreste, ein abgegriffenes Taschenmesser, eine Schuhsohle, Reste eines Schlafsackes.«

»Du, Markus, ich wollte dir schon lange sagen, dass

wir ein viel benutztes Kopfkissen im Haus Alfred Winkelhuber gefunden haben. Ich will damit sagen, dass ich und die Kollegen von der Mordkommission dieses Material bereits im kriminaltechnischen Labor abgeliefert haben. Es könnte möglicherweise mit unserem Alois Rupinius im Zusammenhang stehen. Und alle Puzzleteile zusammengenommen werden uns doch wohl letztendlich ein positives Ergebnis bringen«, wollte Oliver gegenüber Markus deutlich machen.

»Und was kommt als Nächstes an die Reihe?«, fragte Markus schon fast ein wenig erleichtert, nachdem bereits so vieles eingesammelt worden war.

»Markus, hast du's schon wieder vergessen? Wir gehen jetzt zur Hafenspitze des Rheins und zwar zur ›Hannelore‹!«

»Jetzt nimmst du mich aber auf die Schippe. Du meinst sicherlich den Aalschokker!«

»Genau, Markus! Dahin gehen wir jetzt. Und anschließend kommen unsere Funde so bald als möglich ins kriminaltechnische Labor nach Darmstadt zu Matthias Fitzek!«

»Wo könnte hier ein Obdachloser in Ruhe sein Nickerchen machen?«, fragte Markus seinen Kollegen, als sie die Hafenspitze erreicht hatten.

Nun standen beide ein wenig ratlos vor dem Aalschokker ›Hannelore‹, um Spuren eines Obdachlosen zu sichern.

»Hier pfeift der Wind aber viel mächtiger als unter der Rheinbrückenruine. Zudem ist hier fast jedes Fleckchen um den Aalschokker von Spaziergängern einsehbar!«, bemerkte Markus Schön.

»In der Not wägst du nicht ab, welches der beste Liegeplatz sein könnte, sondern da nimmst du einfach vieles in

Kauf. Also gar keine Frage, ob hier jemand genächtigt hat oder auch nicht, wir schauen uns das Objekt Aalschokker eingehend an«, war Oliver der Meinung.

Markus fragte seinen Kollegen Oliver, ob er denn weitere Plastikbeutel dabei habe, um die Funde hier vom Aalschokker einsammeln zu können. »Klar habe ich noch Beutel bei mir, schließlich wollen wir im kriminaltechnischen Labor kein Durcheinander haben.«

»Markus, so gefällst du mir! Ich ziehe meinen Hut vor dir!«

»Viel mehr als ein paar Zigarettenkippen werden wir hier bestimmt nicht finden«, sagte Markus.

Wie Markus vermutet hatte, war außer ein paar Zigarettenkippen und einigen Flaschenkorken nichts von Relevanz zu finden.

Markus sagte schließlich: »Wenn wir schon einmal hier sind, dann sollten wir auch an Deck dieses ausgemusterten Aalschokkers gehen, um ganz sicher zu sein, nichts übersehen zu haben.«

»Gute Idee, Markus, aber wie kommen wir da hinauf? Eine Strickleiter wäre jetzt die Lösung! Aber hast du von einer Strickleiter im Einsatz eines unserer Polizeikomandos schon mal gehört? Ich nicht! Und ich bin schon ein paar Tage länger in den Diensten der Polizei als du«, sagte Oliver ein bisschen ironisch. »Also Markus, ich fungiere als Handleiter und du wirst in den Aalschokker hinaufklettern. Okay?«

»Ich glaube, es hat sich gelohnt, hier einmal an Deck zu gehen. Da sieht's nicht gut aus, aber genächtigt hat hier oben niemand, das erkennst du sofort«, resümierte Markus mit nüchternen Worten zu Oliver Burkhardt.

Die spärlichen Spurenfunde kamen rasch ins kriminaltechnische Labor nach Darmstadt, wo sie von fachmännischen Händen ausgewertet wurden.

Um einen Datenabgleich mit einer bestimmten Person durchführen zu können, machten sich Oliver Burkhardt und Markus Schön weiter auf die Suche nach Alois Rupinius.

Der Winter hatte Einzug gehalten und so lag es nahe, in den Häusern für Obdachlose nachzufragen.

»Hallo, mein Name ist Oliver Burkhardt von der Gernsheimer Polizei. Ich rufe an, um in Erfahrung zu bringen, ob bei Ihnen in Darmstadt in Ihrem Obdachlosenheim ›Haus Sorglos‹, ein Herr Alois Rupinius Unterschlupf gefunden hat?«

»Einen kleinen Moment bitte! Da muss ich mal in mein Büchlein schauen. Hören Sie, Herr Burkhardt? Ja, einen Alois Rupinius habe ich hier in meinem Eintragsbuch gefunden, aber er ist nur drei Tage und drei Nächte bei uns zu Gast gewesen!«

»Und wo könnte Alois Rupinius sich möglicherweise jetzt aufhalten? Frau ..., wie war doch gleich Ihr Name?«

»Köbel, Frau Gabi Köbel bitte, so heiße ich! Wo sich Herr Alois Rupinius zur Zeit aufhalten könnte, das entzieht sich meiner Kenntnis. Aber ich würde Ihnen empfehlen, in Rüsselsheim im ›Haus TreffDich‹ anzufragen, denn dieses Haus ist ebenfalls sehr bekannt!«

»Haben Sie vielen Dank, Frau Köbel! Auf Wiederhören!«

Am darauffolgenden Tag fuhren die Polizeibeamten Oliver Burkhardt und Markus Schön nach Rüsselsheim zum Obdachlosenheim ›Haus TreffDich‹, um eines von ihren zeitlichen Chancenfenstern zu nutzen. Um die Bewohner des Hauses ›TreffDich‹ nicht unnötig zu beunruhigen, kamen beide Beamte selbstverständlich in Zivilkleidung. Als die Beamten das Haus betreten wollten, standen sie bereits vor offener Haustür. Sie gingen ins Haus, sahen sich kurz in den Fluren um, als sie plötzlich von einer Dame mittleren Alters angesprochen wurden.

»Meine Herren, zu wem wollen Sie denn?«

»Wir wollen zu Frau Heimlich. Könnten Sie uns bitte sagen, wo wir sie antreffen können?«

»Meine Herren, Sie haben großes Glück. Frau Heimlich steht vor Ihnen! Kommen sie doch bitte in mein kleines Büro. Um was geht es denn, meine Herren?«

»Bitte erschrecken Sie sich nicht, wir sind von der Gernsheimer Polizei und haben den Auftrag, einen Herrn Alois Rupinius ausfindig zu machen. Übrigens, wenn ich vorstellen darf: Zu meiner Linken, das ist Markus Schön, und meine Wenigkeit – ich heiße Oliver Burkhardt. Meine erste Frage an Sie, Frau Heimlich, lautet: Wurde in letzter Zeit ein Herr Rupinius bei Ihnen im ›Haus TreffDich‹ aufgenommen?«

»Bevor ich Ihnen antworte – können Sie mir bitte sagen, warum wird Herr Alois Rupinius von Ihnen gesucht? Hat er irgendetwas Schlimmes angestellt?«

»Ob Alois Rupinius etwas Schlimmes angestellt hat, das wissen wir noch nicht. Aber sein Vater, Herfried Rupinius, macht sich große Sorgen um seinen einzigen Sohn. Wie

Sie verstehen können. Er war es, der sich an uns, die Polizei, gewandt hat mit der Bitte, seinen Sohn so bald als möglich aufzufinden!«

»Warten Sie hier, meine Herren! Ich schaue mal in seinem Zimmer nach.«

»Herr Rupinius, aufwachen! Sie haben Besuch! Machen Sie sich ein wenig frisch, und kommen dann sofort zu mir ins Büro! Okay?!

»Warum so eilig?«, fragte Alois Rupinius.

»Fragen Sie mich jetzt nicht. Kommen Sie schon!«

»Na gut, in fünf Minuten bin ich bei Ihnen!«

Alois Rupinius betrat das Büro der Heimleiterin, Frau Heimlich, und sah dort zwei Herren bei ihr am Schreibtisch sitzen. Er ahnte nichts Gutes und wollte spontan das Büro wieder verlassen.

»Herr Rupinius, bitte keine Panik! Diese beiden Herren wurden von Ihrem Vater beauftragt, Sie ausfindig zu machen, damit Sie nach Hause kommen.«

»Ich möchte aber lieber hierbleiben und nicht wieder zu meinem Vater nach Stockstadt gehen. Er hätte sich lieber früher um mich kümmern sollen.«

Da mischte sich Oliver Burkhardt ein und sagte: »Herr Rupinius, Ihr Vater hat sich immer große Sorgen um Sie gemacht. Aber Sie waren nicht erreichbar, weil Sie wie vom Erdboden verschluckt schienen. Haben Sie Vertrauen zu uns und zu Ihren Eltern. Denn nur so kann es wieder aufwärtsgehen. Und zwar für alle Beteiligten«, sagte Oliver Burkhardt mit vertrauensvollem Blick.

»An wen hätte sich Ihrer Meinung nach Ihr Vater wenden sollen, wenn nicht an uns von der Gernsheimer Polizei?«, mischte sich Markus Schön tröstend ein.

»Ich ahnte bereits, dass es eines Tages so kommen würde«, sagte Alois Rupinius.

»Irgendwie spüre ich eine Erleichterung bei Ihnen, Herr Rupinius, aber auch Misstrauen uns gegenüber«, sagte Frau Heimlich, die Heimleiterin. »Aber alles wird wieder gut«, ergänzte sie ihre Rede.

»Vielleicht ist es auch besser so! Ich werde mit den beiden Herren mitgehen. Besser heute ein neuer Anfang, als weiter so wie bisher«, sagte Alois Rupinius wie umgewandelt.

Frau Heimlich war sichtlich den Tränen nahe. So sehr konnte sie sich darüber freuen.

Dann sagte Frau Heimlich zu Alois Rupinius: »Sie packen Ihre Sachen ein, und ich gebe Ihnen eine Bescheinigung mit, dass Sie hier im ›Haus TreffDich‹ die letzten Tage verlebt haben. Ist das in Ordnung so?«

»Frau Heimlich, ich möchte mich bei Ihnen für die herzliche Aufnahme in Ihrem Hause vielmals bedanken. Ich hoffe inbrünstig, dass wir uns hier nicht wiedersehen«, sagte Alois Rupinius mit feuchten Augen.

»Frau Heimlich, vielen herzlichen Dank für Ihre Mithilfe. Ich glaube, uns allen lag sehr daran, diese menschliche Angelegenheit gütlich zu einem Ende führen zu können«, sagte Oliver Burkhardt bevor sie sich verabschiedeten.

»Ich will nicht zu viel sagen, Herr Rupinius, aber es ist wohl das Beste für uns alle, dass es jetzt so gekommen ist.«

»Wenn ich fragen darf, wo bringen Sie mich jetzt hin?«, wollte Alois Rupinius von seinen Begleitern in Erfahrung bringen.

»Bevor ich auf Ihre Frage eingehe, möchten wir uns

zuerst einmal vorstellen. Mein Name ist Oliver Burkhardt und der Herr neben Ihnen, das ist Markus Schön, mein Kollege.«

»Okay! Meinen Namen kennen Sie ja bereits«, sagte Alois Rupinius etwas beschämt.

»Als Erstes kommen Sie zu uns nach Gernsheim auf unsere Polizeistation. Dort können Sie sich mal nach Herzenslust so richtig duschen und Körperpflege betreiben. Und natürlich bekommen Sie etwas zu essen, und ausruhen können Sie sich selbstverständlich auch. Sie bekommen etwas Neues zum Anziehen, und dann sehen wir weiter«, sagte Oliver Burkhardt fast kumpelhaft zu Alois Rupinius.

»Das hört sich fantastisch an, und so wollen wir's dann auch machen«, sagte der etwas müde wirkende Alois Rupinius.

Kapitel 8: Geständnisse

»Wie kam es, dass wir Sie in Rüsselsheim im ›Haus Treff-Dich‹ angetroffen haben?«, fragte Markus Schön.

»Es war die Kälte, die mich dazu getrieben hatte, dort Unterschlupf zu suchen«, antwortete Alois Rupinius.

»Mein Kollege meinte sicherlich, wie es überhaupt dazu gekommen ist, dass Sie sozusagen auf der Straße gelandet sind ohne feste Wohnungsunterkunft. Sie verstehen, was ich meine?!«, sagte Oliver Burkhardt zu Rupinius, der sich nach der ersehnten Dusche sichtlich wohlfühlte.

»Nun, ich verbrachte meine Kindheit und viele Jahre meiner Jugendzeit in meinem Elternhaus in Stockstadt. Meine Eltern hatten es nicht immer leicht mit mir. Ich bekam oft zu hören, dass ich ein schwieriges Kind sei. Hinzu kommt, dass ich keinen Beruf erlernt habe. Was gewiss nicht besonders hilfreich für meine Zukunft ist. Ich nahm Gelegenheitsarbeiten an, Arbeiten aller Art. Ich habe sogar einmal gegen Bezahlung an einer Treibjagd teilgenommen. Aber irgendwann hielt ich's zu Hause bei meinen Eltern nicht mehr aus. Jetzt bin ich aber froh, mir mal alles von der Seele geredet zu haben.«

Mittlerweile war Kommissar Thomas Ditschureit auf seinem Revier eingetroffen und sah seine Beamten im Gespräch mit Alois Rupinius.

»Mein Name ist Ditschureit«, stellte er sich vor. »Ich bin quasi der Chef hier, sagen wir, der Kommissar dieser Polizeistation!«

»Chef, das ist Herr Alois Rupinius aus Stockstadt. Ihn konnten wir in Rüsselsheim ausfindig machen. Und jetzt ist er bei uns«, sagte Oliver Burkhardt mit Blick auf seinen Chef und gespannt, wie er reagieren würde.

»Herr Rupinius, ich hoffe doch, dass es Ihnen bei uns hier im Augenblick gut geht, denn wie ich sehe, haben meine Kollegen Sie auch schon neu eingekleidet. Sicherlich wollen Sie bald zu Ihren Eltern nach Stockstadt zurückkehren. Aber bevor Sie uns verlassen, möchten wir von Ihnen eine Speichelprobe nehmen. Sind Sie damit einverstanden, Herr Rupinius?«

»Ja. Was bleibt mir auch anderes übrig, schließlich habe ich niemanden umgebracht. Und für meine Lebensweise bin ich selbst verantwortlich.«

»Sehr vernünftig, Herr Rupinius. Und danach bringt Sie mein Kollege Markus Schön mit meinem Privatauto zu Ihren Eltern nach Stockstadt! Okay? Herr Schön wird sich Ihren Eltern gegenüber nicht zeigen, das heißt, er wird Sie zwei Hausnummern vorher aussteigen lassen. Sie gehen zur Haustür Ihrer Eltern und klingeln dort.«

»Ehrlich gesagt, so hatte ich es mir auch gedacht. Denn meine Eltern würden sich sonst zweimal aufregen müssen!«

»So, Herr Rupinius, hier lasse ich Sie jetzt aussteigen. Viel Glück und alles Gute«, sagte Markus Schön, bevor die Beifahrertür wieder ins Schloss fiel.

Markus Schön schaute Alois Rupinius auf dem kurzen Weg zu seinem Elternhaus noch aus dem Auto nach. Er wollte selber miterleben, wie seine Eltern wohl in solch einem Moment reagieren würden. Er sah die erstaunten, überraschten Gesichter der Eltern, die im Augenblick wie versteinert wirkten. Aber schon nach wenigen Sekunden zeigten sie pure Freude. Erst als die Haustür wieder von innen geschlossen wurde, machte sich Markus Schön auf den Weg nach Gernsheim zu seinen Kollegen.

Nachdem Markus Schön gerade sein Polizeirevier erreicht und kaum die Bürotür geöffnet hatte, sagte Oliver Burkhardt ein bisschen ärgerlich: »Mensch, Markus, ich glaube wir haben unserem neuen Freund Alois zu wenige Fragen gestellt.«

»Und wie kommst du jetzt plötzlich darauf?«, fragte Markus überrascht.

»Weißt du, Markus, wir hätten nach seiner Tätigkeit als Gärtner bei Martin Kobalski, der Groß-Gärtnerei, fragen sollen. Und ob seine Obdachlosigkeit damit etwas zu tun hatte?«

»Und was willst du nun unternehmen?«, fragte Markus seinen ungeduldigen Kollegen Oliver. »Hast du vielleicht einen Vorschlag, wie wir jetzt vorgehen sollten? Ich nicht! Eigentlich gibt es gerade gute Gründe zur Freude, weil wir unseren Obdachlosen endlich auffinden konnten. Und bevor wir die Auswertungen aus dem kriminaltechnischen Labor Darmstadt nicht vorliegen haben, müssen wir sowieso warten«, sagte Markus.

»Ach, Hertha«, sagte Herfried Rupinius zu seiner Frau: »Ist es nicht wunderbar, unseren verloren geglaubten Sohn wieder in unsere Arme schließen zu können? Ich bin dem Himmel so dankbar, dass ich glaube, mich persönlich beim Kommissar in Gernsheim bedanken zu müssen!«

»Mein lieber Herfried, auch ich bin hin und her gerissen vor Freude und Dankbarkeit. Deswegen bin ich gleicher Ansicht wie du. Und selbstverständlich musst du dich dort – wie du ja auch meinst – persönlich blicken lassen!«

Herfried Rupinius hatte sich zwischenzeitlich an die zuständige Polizei in Gernsheim gewandt. Er wollte sich bei Kommissar Ditschureit persönlich bedanken und die Freude, den Sohn wieder bei sich zu wissen, mit ihm teilen.

Das kriminaltechnische Labor Darmstadt hatte die Auswertungen der DNA-Analysen erstellt und leitete sie weiter an die Gernsheimer Kollegen. Aber bevor die Polizei losschlagen konnte, wurde kurzfristig eine Sitzung anberaumt, um gezielte Ergebnisse zu bekommen.

Am Vortag des sechzigsten Geburtstages von Martin Kobalski sagte seine Frau Maria zu ihm: »Du, Martin, hast du auch alle Vorbereitungen getroffen, damit dein Programm glatt über die Bühne geht? Und ist im Gasthof ›Zur Waldeule‹ auch genügend Platz, wenn die ›Biebesheim/Dornheimer Lerchen‹ kommen?«

»Mein Schatz, es ist immer wieder schön zu sehen, wie besorgt du um mich bist. Aber du kannst ganz beruhigt sein, es ist alles angerichtet, wie man so schön zu sagen pflegt. Lass dich überraschen, Maria!«

Kurz vor den Feierlichkeiten zu seinem Geburtstag hatte Martin Kobalski seine Freundin Hanna Wagner angerufen. Er bat sie, Heribert von Klingenberg mitzuteilen, dass er wegen Platzmangels keine große Drehorgel mitbringen solle.

Kaum hatte Martin Kobalski den Telefonhörer aufgelegt, sah er durchs Fenster einen altbekannten Kunden, der auf ihn wartete. Er ging nach draußen und nach kurzer Begrüßung bat Kobalski den Kunden, mit ihm in die Gärtnerei zu gehen.

Das alles hatte Maria Kobalski zufälligerweise beobachtet. Anschließend fragte sie ihren Mann: »Du Martin, wer war das denn? Ihr habt euch so merkwürdig, heimlich verhalten, fiel mir auf! Was hat das zu bedeuten, Martin? Hast du ein Geheimnis vor mir, von dem ich nichts weiß, aber besser wissen sollte?«

»Das war ein Kunde, der wollte aus meinem Gewächshaus etwas Besonderes haben. Und bei mir bekommt jeder, was er wünscht und braucht! Noch Fragen, Maria?«

»Euer Verhalten kam mir nur so komisch vor. Wenn's nichts weiter war, dann ist's ja gut.«

Wegen Martins Ansinnen, die große Drehorgel aus Platzgründen nicht haben zu wollen, rief Hanna ihren neuen Musikleiter Heribert an.

»Heribert von Klingenberg am Apparat. Wer ist dran?«

»Ich bin's, die Hanna aus Biblis. Ich soll dir von Martin ausrichten, dass du wegen Platzmangel im Gasthof die kleine Drehorgel mitbringen sollst. Es hätten sich viele Gäste angekündigt und für die große Drehorgel würde es zu eng werden. Okay? Tschau, Heribert. Bis heute Nachmittag, 14 Uhr!«

Die Räumlichkeiten des Gasthofes ›Zur Waldeule‹ waren der Jägerzunft entsprechend festlich geschmückt. An Wänden und Türen hingen Trophäen von heimischen Hirschen, Wildschweinen und Hasen.

Ein Großteil der geladenen Gäste war bereits angereist. Auch die Musik- und Gesangsgruppe ›Biebesheim/Dornheimer Lerchen‹ mit ihrem dreizehnköpfigen Ensemble machte sich für ihren Auftritt bereit.

Martin Kobalski, das Geburtstagskind, trat vor seine Gäste und sagte: »Liebe Jagdkollegen und Jagdfreunde, liebe Gäste, ich begrüße euch auf das Allerherzlichste. Und ich freue mich, dass ihr so zahlreich erschienen seid. Ihr wisst, dass ich heute meinen runden Geburtstag mit euch feiern möchte. Ich freue mich ganz besonders, dass Hanna mir geholfen hat, die ›Biebesheim/Dornheimer Lerchen‹ als Teil unseres Programms zu engagieren. Danke, liebe Hanna. Mein Dank geht auch an Herrn Heribert von Klingenberg mit seinem Ensemble. Herzlich willkommen!«

Dann gratulierte Jagdpächter Odo Schröter seinem Jagdfreund Martin Kobalski mit den Worten: »Lieber Martin, meine Glückwünsche zu deinem sechzigsten Geburtstag möchte ich mit einem kleinen Gedicht zum Ausdruck bringen:

Wir wollen keine Zeit verlieren,
zum Wiegenfest dir gratulieren.
Viel Gesundheit, Glück und Wohlergehen,
sollen stets an deiner Seite stehen.

Und heut zu deinem Geburtstagsfeste,
wünschen wir das Allerbeste.
Wir wollen dir gute Wünsche bringen
und werden gleich ein Ständchen singen.

Deine Jagdfreunde und Jagdkollegen.«

Nach seinem Vortrag fuhr Odo Schröter fort: »Wir singen nun für dich dein Lieblingslied ›Das alte Försterhaus‹.

Es liegt der Wald im letzten Abendschimmer,
der Nebel steigt herauf vom Wiesengrund.
Der alte Förster sitzt in seinem Zimmer
und streichelt traumverloren seinen Hund.
Das alte Försterhaus, dort, wo die Tannen stehn
das hat jahrein, jahraus viel Freud und Leid gesehn.«

So, lieber Martin, alles Gute – und vielen Dank für die zurückliegende schöne Zeit mit dir! Ich glaube, das Ensemble von Heribert von Klingenberg macht sich auch schon für seinen ersten Auftritt bereit.

Links außen, von mir gesehen, der Mann mit der schmucken Drehorgel; links und rechts zwei steirische Harmonikas und neben von Klingenberg der Mann mit der Teufelsgeige, auch Bumpass genannt. Aber seht euch vor allen Dingen die Mädels an in ihren schmucken Dirndln. Ein tolles Bild, das wollen wir unbedingt mit der Kamera festhalten«, sagte Odo Schröter gut gelaunt, während er den Auslöser seiner Kamera betätigte.«

Heribert von Klingenberg stand mit seiner Musik- und Gesangsgruppe bereits im Halbkreis vor dem Geburtstagskind und seinen Gästen, und als Leiter des Ensembles sagte er: »Verehrter Herr Kobalski, auch wir von den ›Biebesheim/Dornheimer Lerchen‹ überbringen Ihnen die herzlichsten Geburtstagsgrüße und wünschen viel Glück und Wohlergehen! Und nun singen und spielen wir unser traditionelles Geburtstagslied.«

»Heute hast du Geburtstag, herzlich gratulieren wir.
Heute hast du Geburtstag, alles Gute wünschen wir dir.
Auf all deinen Wegen sei immer Sonnenschein.
Heute hast du Geburtstag, dieser Tag gehört dir allein.

Die Welt ist schön, und du darfst auf ihr leben,
so freu dich doch, was kann es Schöneres geben.
Der Stern, er leuchtet hell für dich am Firmament,
dein Schicksal steht darin, das keiner kennt.«

»Sehr, sehr schön, ihr Lieben, was ihr mir heute dargeboten habt. Vielen herzlichen Dank dafür! Und nun lade ich euch alle zu einem kleinen Sektumtrunk ein, damit ihr mit mir anstoßen und auch ein paar Worte wechseln könnt! Okay?«, sagte Martin Kobalski sehr angetan.

»Du, Martin, hast du schon gehört, dass die Polizei Andreas Stubinski verhaftet hat?«, fragte Odo Schröter.

»Ja, habe ich schon gehört! Stand übrigens auch in der Zeitung. Dann ist ja wohl alles klar!«

»Na, wer weiß, was da noch alles auf uns zurollt?«, antwortete Odo Schröter mit gewisser Skepsis.

Im gleichen Moment näherte sich Walter Frank den beiden.

»Was habt ihr denn so Wichtiges zu besprechen?«, wollte er als Jagdkollege wissen.

»Du, Walter, ich hatte soeben Martin gefragt, ob er mitbekommen hat, dass Stubinski verhaftet worden sei.«

»Stand ja schließlich in der Zeitung. Ich hab's auch gelesen!«, sagte Walter nicht sonderlich überrascht.

Martin Kobalski beendete den allgemeinen Umtrunk und sagte: »Liebe Jagdfreunde und Jagdkollegen, liebe

Gäste. Wir hören jetzt als Ohrenschmaus unsere Jagdhornbläser mit ihren schönen Fanfarenklängen, dass ihr eure wahre Freude haben werdet.

Auf geht's! Gebt euer Bestes! Danach gibt es Kaffee und Kuchen, und ihr habt Zeit miteinander zu babbeln und zu tratschen. Anschließend werden uns die ›Biebesheim/Dornheimer Lerchen‹ mit ihren schönen Heimatklängen erfreuen! Guten Appetit!«

Markus Schön und sein Kollege Oliver Burkhardt taten auch an diesem Freitag Dienst auf der Polizeistation in Gernsheim. Markus Schön saß am Computer und sortierte die eingegangenen E-Mails danach, ob sie relevant waren und eine schnelle Reaktion verlangten. Markus ging zur Kaffeemaschine, um sich einen Kaffee zu holen. Währenddessen schaute Oliver Burkhardt auf Markus' PC-Bildschirm.

»Nichts los heute! Ich hol mir auch einen Kaffee«, sagte er erleichtert zu seinem Kollegen Markus.

Beide genossen ihren Kaffee und tauschten sich darüber aus, was sie am Wochenende mit ihren Familien unternehmen wollten.

»Verdammt ruhig heute! Ist ja aber auch mal gut so«, sagte Oliver und schaute kurz aus dem Fenster.

Plötzlich rief Markus: »Scheiße, was soll das denn jetzt?«

»Is was?«, fragte Oliver.

»Nun komm schon her, Oliver! Schau dir mal diese Meldung an:

›Zivilfahnder stellen einen Pkw-Fahrer auf der Autobahn A5 zwischen Darmstädter Kreuz und Langen/Mörfelden. Er war mit über 220 km/h unterwegs. Die Fahrzeugdurchsuchung ergab drei Kilogramm Haschisch und zwei Kilogramm Marihuana. Der Mann war bewaffnet. Er heißt Alexander Papadeus. Wahrscheinlich Drogenhändler. Das Marihuana soll aus einer Bibliser Gärtnerei stammen. Bitte sofort zur Gärtnerei fahren!«

Die Geburtstagsfeier von Martin Kobalski hatte schon fast ihren Höhepunkt erreicht, als die ›Biebesheim/Dornheimer Lerchen‹ ihr Debüt erneut zum Besten gaben.

»*Wir sind die Heimat-Musikanten*
wir woll'n euch erfreu'n,
singen Heimatlieder immer und überall.
Mit den vertrauten schönen Klängen
aus dem nah' und fernen Land,
grüßen wir uns're Gäste,
reichen ihnen allen die Hand.«

Dieses Lied rief bei den Gästen frenetischen Beifall hervor, und man sah nur gut gelaunte, frohe Gesichter. Heribert von Klingenberg und sein Ensemble waren von ihrem Erfolg emotional sehr ergriffen.

Nach drei Darbietungen des Gesang-Ensembles rief Heribert von Klingenberg in den Raum: »Verehrte Gäste, es war wunderschön hier bei Ihnen. Mein Dank für die Einladung gilt im Besonderen dem Geburtstagskind, Herrn Martin Kobalski! Vielen Dank! Zum Abschluss singen und spielen wir für Sie das Lied ›Marschenka‹.«

»Dort im Böhmerwalde hab ich ein Mädel geseh'n.
Schön wie eine Rose, das muss ich euch jetzt gesteh'n.
Und trifft mich ihr Blick,
schlägt mein Herz voll Glück.
Ihre schwarzen Augen machen die Burschen verrückt.
Alle lieben Marschenka, heut ist sie nur für mich da (...)
und schon bald das Jahr, wird sie meine Marschenka –
jaaaaa!«

Just in diesem Moment des feierlichen Höhepunktes stürmte die Polizei in den Gasthof ›Zur Waldeule‹ herein. Polizeikommissar Thomas Ditschureit rief in den Raum: »Bitte bleiben Sie auf Ihren Plätzen und verhalten Sie sich ruhig! Wir müssen Herrn Martin Kobalski dringend sprechen.«

»Moment mal, Herr Kommissar, wir feiern heute den sechzigsten Geburtstag von Martin Kobalski. Das geht jetzt nicht! Ist denn was passiert?«, mischte sich Hanna Wagner verärgert ein.

»Dazu können wir nichts sagen«, antwortete der Kommissar.

»Martin, dann geh mal vor, wenn sie dich doch dringend sprechen wollen«, sagte Maria Kobalski.

»Ja, Herr Kommissar, was gibt's denn? Hab ich etwas verbrochen?«

»Herr Kobalski, wir müssen Sie leider auf unsere Wache mitnehmen. Da stehen einige offene Fragen an, die nur Sie beantworten können. Also ziehen Sie sich etwas über die Schultern und kommen Sie mit uns!«

»Tut mir schrecklich leid, liebe Freunde. Aber es wird schon nicht so lange dauern, dann bin ich wieder bei euch!

Feiert schön und fröhlich weiter, und lasst euch den Tag durch meine Abwesenheit nicht verderben«, sagte Martin Kobalski ganz entspannt und gelassen.

Auf der Polizeistation zu Gernsheim sagte der Kommissar zu Martin Kobalski: »Bitte setzen Sie sich! Haben Sie irgendeinen Verdacht, warum wir Sie hierher gebracht haben?«

»Nein.«

»Kennen Sie einen Herrn Alexander Papadeus?«

»Ja. Er ist einer meiner vielen Kunden.«

»Herr Kobalski, nun sagen Sie schon, was gesagt werden muss. Was hat Herr Papadeus heute bei Ihnen gekauft? Er war doch heute Vormittag bei Ihnen, das werden Sie ja wohl noch wissen? Also, ich warte auf Ihre Antwort, Herr Kobalski.«

»Herr Papadeus hat bei mir einen großen Blumenstrauß gekauft und ist eilig wieder weggefahren.«

»Gegen Mittag stoppten Zivilfahnder einen Pkw-Fahrer auf der Autobahn A5. Er war mit über 220 km/h unterwegs. Was glauben Sie, was bei der Fahrzeugdurchsuchung gefunden wurde?«

»Das kann ich Ihnen nicht sagen.«

»Dann werde ich Ihnen ein bisschen behilflich sein, Herr Kobalski. Was die Zivilfahnder auf der Autobahn A5 in dem Fahrzeug Ihres Kunden, Herrn Alexander Papadeus gefunden haben, stammt aus Ihrer Gärtnerei. Und nicht nur das, er bedrohte unsere Beamten mit einer geladenen Pistole. Und im Handschuhfach seines teuren Mercedes wurde weitere Munition zu seiner Pistole gefunden. Wie erklären Sie sich das?«

»Ich ahnte es, dass es einmal so kommen wird. Ja, Herr Alexander Papadeus hat bei mir Marihuana gekauft!

»Sie sagten uns doch, er hätte bei Ihnen heute Morgen nur einen großen Blumenstrauß gekauft. Sie wussten doch, dass wir Ihnen dieses Märchen nicht abnehmen werden. Wie lange geht das schon mit dem Marihuanaverkauf, Herr Kobalski?«

»Nun, man macht so etwas, so lange niemand dahinterkommt. Aber dass Marihuana wirklich so eine gefährliche Droge sein sollte, das wusste ich bisher nicht.«

»Jetzt wollen Sie uns aber verkohlen. Sie und nicht gewusst?! Dass schon der Anbau von Cannabis verboten und strafbar ist, dürfte auch Ihnen hinlänglich bekannt gewesen sein. Das können Sie später dem Richter erklären, der wird für Sie das angemessene Strafmaß schon noch herausfinden. Sie bleiben erst mal hier! Und morgen schon werden Sie dem Haftrichter vorgeführt!«, sagte Kommissar Ditschureit, der sich von Kobalski veräppelt fühlte.

»Herr Kommissar, darf ich wenigstens noch meine Frau anrufen? Die wird sich bestimmt Gedanken machen, dass ich noch nicht zu meinen Geburtstagsgästen zurückgekehrt bin.«

»Herr Burkhardt, bitte reichen Sie Herrn Martin Kobalski das Telefon hinüber, damit er seiner Frau Bescheid geben kann!«

»Du, Maria, ich werde heute nicht zur Geburtstagsfeier zurückkehren können. Sag den Gästen, es wäre etwas dazwischengekommen. Tschau!« Kobalski legte auf, ohne auf die Antwort seiner Frau zu warten.

»Herr Kobalski, wir wissen, dass Sie Andreas Stubinski und Alois Rupinius in Ihrer Gärtnerei beschäftigt hatten.

Können Sie uns erklären, wie es kommen konnte, dass Herr Rupinius drogenabhängig wurde? Hatte einer von diesen Mitarbeitern Zugang zu der Droge?«, wollte Kommissar Thomas Ditschureit wissen.

»Ich war mir bisher immer sicher gewesen, dass der Zugang zum Marihuana-Gewächshaus sicher war. Das war, nach ihrer These, wohl eine falsche Annahme meinerseits.«

»Herr Andreas Stubinski wurde bereits verhaftet, wie Sie vielleicht schon wissen. Herr Kobalski, wurden Sie erpresst?«

»Eines Tages, ich machte meinen Routinerundgang in der Gärtnerei, sah ich, dass eine Gewächshaustür nicht verschlossen war. Ich dachte zunächst, ich hätte vergessen, diese Tür abzuschließen. Aber ich entdeckte, dass von dem getrockneten Marihuana etwas fehlte. Ich war aber keineswegs beunruhigt und sprach mir selber eine gewisse Unachtsamkeit zu.«

»Herr Kobalski, hatten Ihre Mitarbeiter Rupinius und Stubinski einen separaten Schlüssel zu diesem speziellen Gewächshaus?«

»Nein. Außer mir hat niemand einen Schlüssel. Es gibt nur diesen einen Schlüssel und den Zugang zu diesem Schlüssel kenne nur ich alleine.«

»Aber wie Sie jetzt wissen, hat einer dieser beiden Mitarbeiter das Versteck des Schlüssels zu diesem besagten Gewächshaus aufgespürt. Und er hat auch davon Gebrauch gemacht. Das heißt mit anderen Worten: Es muss Alois Rupinius gewesen sein, der von dem dort lagernden Marihuana genommen hat und süchtig wurde. Was sagen Sie dazu, Herr Kobalski?«

»Alois Rupinius musste ich entlassen, weil er nur mit sich selber beschäftigt zu sein schien. Ich war zu der Zeit aber auf die Mitarbeit von Andreas Stubinski noch angewiesen. Eines Tages stand Stubinski vor mir und sagte: ›Herr Kobalski, ich brauche Stoff.‹ Er meinte Marihuana. Ich fiel aus allen Wolken. Ich hatte gar nicht begriffen, was da abgeht. Er drohte mir: ›Wenn Sie mir keinen Stoff geben, dann werde ich die Öffentlichkeit über Ihrem illegalen Cannabis-Anbau informieren.‹ Ich gab Stubinski das Gras, das er von mir verlangte, aber es nahm kein Ende.«

Im Büro der Polizeistation in Gernsheim schrillte das Telefon. Oliver Burkhardt nahm den Hörer ab und fragte: »Was gibt's?«

»Spreche ich mit Herrn Burkhardt? Ich bin Herfried Rupinius.«

»Ja, Oliver Burkhardt am Apparat. Gut, dass Sie anrufen. Wir hätten noch Fragen an Ihren Sohn Alois. Übrigens, wie geht's ihm denn im Moment?«

»Meinem Sohn geht es den Umständen entsprechend gut. Er war es, der mich gebeten hatte, dass ich mich mit Ihnen in Verbindung setzen solle. Er war der Meinung, er könne zur Aufklärung des Mordes an Alfred Winkelhuber eventuell doch noch etwas beitragen.«

»Könnten Sie mit Ihrem Sohn morgen Vormittag zu uns auf die Polizeiwache kommen, Herr Rupinius?«

»Ja. Ich glaube, das liegt auch im Interesse meines Sohnes Alois!«, antwortete Rupinius erleichtert.

Kommissar Ditschureit hatte kaum die Tür seines Büros geöffnet, als Oliver Burkhardt ihn ansprach: »Chef, ich hatte soeben einen Anruf von Herfried Rupinius aus Stockstadt. Sein Sohn Alois will eine Aussage zum Mord an Winkelhuber machen.«

»Nichts wie her mit ihm! Und wann kommt er?«

»Schon morgen früh gegen 10 Uhr«, sagte Oliver Burkhardt.

»Da bin ich aber gespannt, was dieser junge Mann uns zu berichten weiß«, antwortete Kommissar Ditschureit.

»Herr Schön, Sie kümmern sich bitte sofort um das Ergebnis aus dem kriminaltechnischen Labor. Und sagen Sie den Kollegen in Darmstadt, es sei sehr dringend«, forderte der Kommissar seinen Beamten auf.

»Hallo, Matthias, ich bin's, Markus, vom Polizeirevier Gernsheim. Mein Chef Ditschureit hätte gerne die letzten Untersuchungsergebnisse gehabt. Besonders aus dem Beweisstück ›Kissen‹ unseres Obdachlosen Alois Rupinius aus Stockstadt.«

»Markus, als hättest du's geahnt. Ich hätte mich morgen früh bei euch gemeldet. Aber es ist mir schon recht, dass du dich selber um diese Angelegenheit kümmerst. Kommst du nach Darmstadt oder soll ich zu dir kommen?«

»Nein, nein, Matthias, du brauchst nicht zu kommen. Ich schaue gleich bei dir vorbei. Denn schon morgen früh erwarten wir Alois Rupinius bei uns auf der Polizeiwache. Sein Vater hat bei uns angerufen. Sein Sohn Alois will eine Aussage machen. Möglicherweise könnte es ein wichtiger Beitrag zur Aufklärung des Richtfestmordes in Stockstadt werden. Also bis gleich. Tschüs.«

»Hallo, Matthias, da bin ich!«

»Das ging aber schnell. Bist du geflogen?«

»Wäre ich sonst so aus der Puste gekommen? Natürlich nicht, ich habe nur eine Abkürzung genommen«, sagte Markus frotzelnd.

»Dann kann ich nur hoffen, dass ihr auf eurem Revier auch zu einem schnellen Ergebnis kommt«, antwortete Matthias Fitzek.

Als Markus Schön wieder in Gernsheim aufs Polizeirevier zurückkam, empfing ihn gleich sein Kollege Oliver mit der Frage: »Habt ihr Andreas Stubinski vergessen? Wenn Alois Rupinius seine Aussagen macht, dann müsste Stubinski dabei sein, damit wir beobachten können, wie er auf dessen Antworten reagiert.«

»Wenn ich unseren Kommissar Ditschureit richtig verstanden habe, dann hat er Stubinski nicht vergessen, sondern er wollte die beiden getrennt vernehmen«, antwortete Markus zur Überraschung seines Kollegen Oliver.

Mit Hochspannung hatten die Gernsheimer Polizeikollegen den Tag erwartet, an dem Alois Rupinius seine Aussagen machen wollte. Auf dem großen Wandkalender des Jahres 1996 stand das Datum 22. Januar zu lesen. Gegen 10 Uhr morgens klingelte es an der Eingangstür.

»Markus, drück mal auf den Knopf, damit die Leute zur Tür hereinkommen können«, sagte Oliver betont lässig.

»Aha, Vater und Sohn. Guten Morgen erst einmal. Kommt herein, und schließt die Tür, draußen ist es bitter kalt«, sagte Markus Schön. Wollte er doch bei seinen Besuchern gleich eine familiäre Atmosphäre erzeugen.

»Alois, ich finde es bemerkenswert und gut, dass Sie Ihren Vater mitgebracht haben. Sehen Sie das auch so, als Vater, Herr Rupinius?«

»Ja, natürlich! Trotz der Vorankündigung, dass mein Sohn aussagen möchte, ist es heute doch vor allem für Alois ein nicht leichter Gang, wenn Sie verstehen.«

»So, dann wollen wir mal hören, was es so Neues gibt«, sagte Markus Schön zu Vater und Sohn Rupinius.

»Erste Frage, Alois: Wussten Sie von einer Pistole, die Ihr Freund, Andreas Stubinski, gehabt haben soll? Wenn ja, dann wäre es interessant zu erfahren, von wem er diese Pistole erstanden hat.«

»Nein. Ich wusste wirklich nicht, dass Andreas eine Pistole gehabt haben soll.

»Andreas Stubinski und Sie sind doch Freunde? Er hat ausgesagt, dass Sie ihm die Pistole geschenkt hätten. Was sagen Sie dazu?«

»Das könnte bei der Treibjagd im Kühkopfrevier gewesen sein, wo ich als Treiber zum ersten Mal Andreas Stubinski begegnet bin. Aber Freunde waren wir da noch nicht. Etwas nebenbei kam mir bei der erwähnten Treibjagd zu Ohren, dass ein Jäger seine Pistole gesucht, aber nicht wieder gefunden hatte. Mehr weiß ich darüber nicht!«

»Haben Sie in der Zeit als Obdachloser schon mal in Stockstadt ›Hoher Sandhügel‹ in einem Neubau Ihren Schlafplatz gefunden?«

»Wahrscheinlich, ja. Aber ich habe mir diese zufällig gewählten Plätze, für die ich mich kurzfristig entschieden habe, nicht gemerkt. Ich bestreite aber nicht, dort geschlafen zu haben.«

»Sie haben doch in der Groß-Gärtnerei in Biblis als Saisonhelfer bei Martin Kobalski gearbeitet, oder? Wer hatte Ihnen zu dieser Arbeitsstelle verholfen?«

»Das war Andreas Stubinski, den ich bei der Treibjagd 1992 im Kühkopfrevier kennengelernt hatte.«

In diesem Moment kam Kommissar Ditschureit in die Polizeistation und fragte Oliver Burkhardt, der gerade am Computer saß: »Und, gibt es etwas Neues?«

»Markus hat Vater und Sohn Rupinius bei sich im Büro, um weitere wichtige Informationen von ihnen zu bekommen.«

Neugierig ging Kommissar Ditschureit ins Nebenzimmer, wo Markus Schön die Befragung durchführte.

»Und, meine Herren, wie kommen wir voran?«, fragte der Kommissar. »Alois, wir sind uns ja gewissermaßen schon vertraut, dann erzählen Sie mal, was Sie in der Gärtnerei so alles gemacht haben.«

»Ich habe viele verschiedene Pflanzen gepflanzt, umgetopft, Samen ausgesät usw. Eines Tages bin ich in ein Gewächshaus hineingegangen, zu dem ich eigentlich keinen Zugang gehabt hätte. An dieser Tür stand nämlich deutlich, in schwarzer Schrift auf gelbem Grund: ›Zutritt strengstens verboten!‹ Als ich wieder zu Andreas Stubinski zurückkam, schwärmte ich nur so von den großen, beeindruckenden Pflanzen, die ich dort gesehen hatte. Solche Pflanzen kannte ich gar nicht. Damit konnte ich Andreas Stubinski neugierig machen. Wir gingen gemeinsam in besagtes Gewächshaus zurück, um zu schauen, was ich da so Bestaunenswertes gesehen hatte. Die Pflanzen wären Hanf, genauer gesagt Cannabis, aus denen man Haschisch und Marihuana gewinnen könne, erklärte mir Andreas Stubinski. Zwischendrin wuchsen auch Tabakpflanzen. Nachdem ich mit Marihuana in Berührung gekommen war, kam ich nicht mehr davon los. Ja, ich musste ständig neuen Stoff haben, und Andreas konnte mich damit doch nicht alleine lassen!«

»Ihr Arbeitgeber, Herr Kobalski, hat Sie dann auf der Stelle fristlos entlassen.«

»Ja, so war's. Danach lag ich praktisch auf der Straße.«

»Und wer hat Sie dann weiter mit ›Stoff‹, wie Sie sagen, versorgt?«, fragte Oliver Burkhardt.

»Andreas Stubinski hatte Mitleid mit mir.«

»Sie wissen, was mit Andreas Stubinski passiert ist?«

»Nein. Darf ich's erfahren?«

»Aus Ihrer Sichtweise mag Andreas Stubinski ein Freund gewesen sei, aber er ging dann doch zu weit. Bedenken Sie, ein anderer musste durch seine Hand sterben.«

»Deswegen sprachen Sie mich auf die Pistole an. Verstehe! Etwas Genaueres darf ich wohl nicht erfahren? Oder doch?«

»Es tut mir leid, aber so lange der Mord in Stockstadt nicht restlos aufgeklärt ist, dürfen wir nichts sagen.«

»Gut! Das muss ich dann wohl so akzeptieren. Das heißt für mich und meinem Vater, dass wir jetzt gehen dürfen?«

»Ja, Sie dürfen gehen. Es bleibt mir nur, danke fürs Kommen zu sagen. Alles Gute für Sie und Ihren Vater, der mir einen sehr erleichterten Eindruck macht. Wir von der Polizei sagen tschüs, und nicht Auf Wiedersehen, wenn Sie verstehen?!«

»Kollege Burkhardt, haben wir eigentlich eine Speichelprobe von Andreas Stubinski genommen?«, fragte Kommissar Ditschureit.

»Ja, Chef! Die Speichelprobe nahmen wir doch gleich bei der ersten Befragung!«

»Dann ist es ja in Ordnung. Wenn wir sie nicht genommen hätten, würde es jetzt schwierig werden. Denn im Zusammenhang mit dem Einzelschuh aus dem Bauschutt vom Grundstück Winkelhuber wird die DNA-Analyse entscheidend sein, um den Täter zu überführen.

Wie sieht's aus, was die Tatwaffe angeht, die aus dem Modau-Flüsschen unter der Straßenbrücke, nahe dem Tatort, gefischt wurde? Hat man an der Pistole Spuren sichern können?«

»Was den genetischen Fingerabdruck an der sichergestellten Pistole betrifft, gibt's insofern Schwierigkeiten, als dass sie schon sehr lange im Flussbett der Modau gelegen hat. Allerdings ist es eine Pistole mit korrosionsresistenter Oberfläche. Sicher ist aber, dass an der linken Griffschale Buchstaben eingraviert sind, und zwar: ›OSCH‹. O wie Odo, und SCH wie Schröter. Das wäre mein persönlicher Hinweis«, sagte Oliver Burkhardt zu seinem Chef.

»Herr Schön, Sie setzen sich augenblicklich mit den Kollegen der Mordkommission Darmstadt in Verbindung, um einen Termin auszumachen. Wir wollen den inhaftierten Andreas Stubinski in der Justitzvollzugsanstalt Darmstadt nochmals abschließend befragen. Er hat wider Erwarten nicht die reine Wahrheit gesagt, wie sich jetzt herausgestellt hat«, beauftragte Kommissar Ditschureit seinen Mitarbeiter.

Bei der Mordkommission Darmstadt klingelte bald darauf das Telefon. »Philip Jakobson am Apparat. Worum geht's? Ach, du bist's, Markus. Dann leg mal los.«

»Mein Chef Ditschureit hat mich beauftragt, mit euch einen Termin für ein Verhör mit Stubinski zu verabreden. Wir wollen nämlich gewisse Ungereimtheiten in seiner Aussage widerlegen.«

»Da wäre mir der morgige Tag gerade recht. Und wer ist von euch mit dabei?«

»Ich denke, mein Kollege Oliver wird zu euch stoßen. Der hat doch mehr Praxiserfahrung als ich.«

»Wann wollt ihr euch bei Lukas Kretschmar in der JVA treffen?«

»Markus, ich denke 10 Uhr vormittags. Das ist eine gute Zeit. Da hat Andreas Stubinski schon gefrühstückt, und damit ist für uns Befrager eine gewisse seelische Balance gewährleistet«, sagte Chefermittler Philip Jakobson. »Übrigens, Markus, wie ich erfahren habe, ist der Großgärtner aus Biblis, Martin Kobalski, gegen Kaution wieder auf freiem Fuß.«

»So ist es, Philip. Allerdings gegen Auflagen, die er bis zur Anklage vor Gericht erfüllen muss«, sagte Markus Schön.

Herr Lukas Kretschmar, der Leiter der JVA, begrüßte Chefermittler Philip Jakobson und Oliver Burkhardt mit einem kräftigen Händedruck.

Hier, in der Justitzvollzugsanstalt Darmstadt sollte Herr Andreas Stubinski nochmals befragt werden.

»Einen kleinen Moment bitte, meine Herren. Unser zuständiger Wärter, Herr Guido West, trifft gerade alle

Vorbereitungen. Und dann dürfen Sie amten! Wie lange könnte Ihre Befragung dauern? Ich meine, frei nach Ihrem Ermessen«, fragte Kretschmar, um einen gewissen zeitlichen Überblick zu bekommen.

»Ich gehe doch davon aus, dass Andreas Stubinski reden möchte, schon in seinem eigenen Interesse. Sagen wir mal, dreißig Minuten!«

»Gut, dann viel Glück«, wünschte Lukas Kretschmar und zeigte mit seinem Daumen nach oben.

JVA-Wärter Guido West begleitete die beiden angekündigten Herren zu Andreas Stubinski in den Vernehmungsraum.

»Hallo, Herr Stubinski! Wie Sie vielleicht schon ahnen, werden Sie uns noch ein paar Fragen beantworten müssen. Denn, und das wissen Sie sicher ganz genau, Sie haben sich selber in Ihren Antworten verfangen. Wir sind heute bei Ihnen, damit Sie sich von Ihren Verstrickungen befreien können und den Fall Winkelhuber mit uns restlos aufklären«, sagte Philip Jakobson eindringlich.

»Her Stubinski, welches Motiv gab es für Sie wirklich, dass Sie zu so einer Tat fähig sein konnten?«, wollte Jakobson herausfinden.

»Heute bin ich an diesem Punkt angelangt, wo ich mich selber schon gefragt habe: Was ist mit dir bloß los? Wie konnte das passieren? Es tut mir sehr leid!«

»Es wird Ihnen nicht viel nützen, wenn Sie es so, in Ihren Worten, dem Richter sagen. Menschlich verstehe ich's ja, aber es muss einen tieferen Grund für Ihre Tat gegeben haben. Und diesen Grund zu Ihrer Tat wollen wir heute herausfinden. Was wollten Sie von Ihrem Chef

Martin Kobalski wirklich, dass Sie ihn bis zum Richtfest nach Stockstadt verfolgt haben?«

»Seitdem mich mein Freund Alois zu dem Gewächshaus mit dem Hanfanbau geführt hatte, veränderte sich mein Leben. Ich habe persönlich erlebt, wie das Marihuana Wirkung auf Alois zeigte. Dabei kam mir persönlich der Gedanke, damit Geld zu verdienen.«

»Dann hat Sie Ihr Chef eines Tages beim Entwenden von Marihuana auf frischer Tat erwischt?! Richtig?«

»Ja. So war's! Und er hätte mich auf der Stelle entlassen können. Aber er wollte selber sein Geheimnis, den Cannabis-Anbau, schützen. Kobalski drohte mir: ›Wenn Sie ein Wort nach draußen verbreiten, dann ...‹ ›Was dann?‹, fragte ich. Und jeder von uns hatte Angst, weil wir uns gegenseitig bedrohten. Ich glaubte am längeren Hebel zu sitzen, und forderte von Kobalski regelmäßig ein Quantum ›Gras‹ von ihm.«

»Sie haben Ihren Chef Kobalski quasi erpresst. Sehe ich das richtig?«

»Ja. Sie sehen das richtig!«

»Aber deswegen bringt man doch einen Menschen nicht um! Und dann kommt hinzu, dass Sie bei Ihrer Tat Ihren eigenen Chef nicht erkannten. Wie konnte das passieren?«

»Ich fing an meinen Chef zu hassen, weil er mir keinen Lohn mehr ausgezahlt hat. Und meine Geschäfte mit dem Marihuana florierten auch nicht mehr so gut. Und so hat sich alles zugespitzt.«

»Bis hierher kann ich Ihnen gut folgen, aber wie war das mit der Pistole, mit der Sie auf Ihren vermeintlichen Chef gezielt haben?«, wollte Jakobson näher erklärt bekommen.

»Ich habe ja schon mal ausgesagt, dass ich die Pistole von Alois geschenkt bekommen habe.«

»Herr Stubinski, soeben machen Sie sich unglaubwürdig. Wir wissen heute, und ihr Freund Alois hat es uns bestätigt, dass Sie die Tatwaffe nicht geschenkt bekommen haben. Also – woher stammt die Pistole wirklich?«

»Ich muss wohl damit aufhören, mich um Kopf und Kragen zu reden. Besagte Pistole habe ich bei einer Treibjagd an mich genommen. Ich erinnere mich: Wir Treiber scheuchten die Wildschweine aus ihren Verstecken. Und plötzlich waren die Sauen und die Jäger in Panik geraten. Es kam zu unerwarteten Rangeleien zwischen den Jägern, wobei Odo Schröter zu Boden stürzte. Dabei hat er seine Pistole verloren, ohne es selber gleich zu bemerken. Schnell nahm ich diese wertvolle Waffe an mich, zunächst ohne weitere Nebengedanken. Selbst Alois hat nichts davon mitbekommen.«

»Übrigens, wenn Sie schon so von dieser Pistole schwärmen, ist Ihnen an ihr etwas Besonderes aufgefallen? Sagen wir mal, eine spezielle Gravierung oder so was Ähnliches?«

»Ich kann mich an vier Buchstaben erinnern. Aber wie die lauteten, das habe ich vergessen. Moment bitte: Die ersten zwei Buchstaben waren OS, aber die anderen Buchstaben fallen mir nicht mehr ein!«

»Zufälle gibt's«, bemerkte Jakobson. »Herr Stubinski, wir haben diese Pistole mit den vier Buchstaben aus dem Flussbett der Modau unter der Brücke der alten B44 gefunden. Sie haben Sie dort auf der Flucht nach der Tat entsorgt. Stimmt das? Das werden Sie ja wohl nicht abstreiten wollen? Zwei Buchstaben, die Sie genannt haben, waren richtig. Die nächsten zwei Buchstaben sind CH. Zusammen ergibt das OSCH für Odo Schröter.«

»Ja. Sie haben recht.«

»Herr Stubinski, Sie können Ihren Kopf nicht mehr aus der Schlinge ziehen. Über die Herkunft und die Nutzung der CZ75er Luger Pistole gibt es keinen Zweifel mehr. Und soeben machten Sie selber die erforderlichen Angaben dazu. Was die ganze Spurensuche angeht, so haben wir auch eine DNA-Spur von Ihrem linken Schuh der Größe 42. Sie verließen den Tatort Hals über Kopf und haben diesen Schuh dort verloren. Haben Sie noch etwas dazu zu sagen?«, fragte Jakobson abschließend.

»Es tut mir leid. Mehr kann ich eigentlich gar nicht sagen. Alles dumm gelaufen!«

»Herr Stubinski, es war doch letztendlich sehr vernünftig von Ihnen, sich alles einmal von der Seele zu reden. Sie werden das selber noch erkennen. Egal, welches Urteil der Richter Ihnen beimisst, Sie werden einfach besser schlafen können«, sagte Chefermittler Philip Jakobson.

Oliver Burkhardt von der Gernsheimer Polizeiwache sagte zum Ende der Befragungen: »Alles, was Sie, Herr Stubinski, heute gesagt haben, haben wir selbstverständlich auf Band aufgezeichnet! Aber das wird Ihnen jetzt wahrscheinlich völlig egal sein!«

»Da haben Sie recht. Ich fühle mich wie befreit. Dieses Gefühl kannte ich in meinem Leben so noch nicht.«

»Wir sind mit der Befragung am Ende angelangt«, sagte Jakobson zu Herrn Stubinski. Burkhardt ging zur Tür und klopfte dreimal, um dem Wärter Guido West das Ende der Befragung zu signalisieren.

Der öffnete kurz danach die Tür und sagte: »Meine Herren, würden Sie mir bitte folgen?! Ich geleite Sie zu Herrn Lukas Kretschmar! Bitte, die Herren zuerst!«

Der Leiter der VJA fragte gleich: »Hatten die Herren Erfolg?«

»Das kann man so sagen. Ich glaube, dass beide Seiten zufrieden sein können«, sagte Chefermittler Philip Jakobson.

»Wir werden Kommissar Thomas Ditschureit den entsprechenden Bericht vorlegen, damit er an die Öffentlichkeit gehen kann«, sagte Jakobson zu Lukas Kretschmar.

Bereits am nächsten Tag stand im ›Ried Echo‹:

Bericht von Hugo van Hagen

Richtfestmord aufgeklärt!!!
Ende einer mehrjährigen Tätersuche.
Mörder Andreas S. geständig vor Darmstädter Ermittlern. Gärtner Martin K. wegen Drogenhandels zu zwei Jahren auf Bewährung verurteilt. K. muss fünfzigtausend D-Mark an die Gerichtskasse zahlen. Obdachloser Alois R. wieder bei seinen Eltern. Die Bürger der Gemeinde Stockstadt können aufatmen.

Helmut A. Rehfeld

Wogen, die dein Leben tragen

Erlebnisreiche Geschichte

LiteraturWELTEN Band 27

Fünfundfünfzig Jahre fahren Benno aus Ostpreußen und Katharina aus Schleswig-Holstein gemeinsam auf ihrem Eheschiff durch Wellen und Wogen des Lebens. Sie begegnen sich in Mannheim. Die beiden heiraten, ein Sohn wird geboren, ein Haus gebaut. Als Katharina stirbt, sucht Benno nach seinen Wurzeln in Ostpreußen.
Eine lebensnahe Schilderung vom Alltag und außergewöhnlichen Erlebnissen einer kleinen Familie und auch ein Stück deutscher Geschichte.

128 Seiten. Paperback. 12,90 Euro. ISBN 978-3-89774-738-8